Heidi von Bahlingen

Wo, bitte, geht's zum Kapitän?

Eine Reiseleiterin auf ihrem Weg ins Glück

Der Erlebnisse erster Teil

Wo, bitte, geht's zum Kapitän?
Eine Reiseleiterin auf ihrem Weg ins Glück. Der Erlebnisse erster Teil

ISBN-13: 978-3-00-065212-7

Erzählt von Heidi Seiter

Notiert von Johannes Flörsch, Gartenstraße 33, 94036 Passau, www.wortport.de

Titel und Cover: Johanna Böhm, www.jb-design-online.de – Danke, Johanna! Wir hatten uns schon in deinen ersten Entwurf verliebt!

Buchblock und Gestaltung: Roman »Eloquence« Hempel (Schmendrich). Du hast dem Buch sein Gesicht verliehen – jeder, der schreibt, sollte seinen Roman haben. Danke, Roman!

Gesetzt aus der Eloquence, 9.5/13.5.

Wo, bitte, geht's zum Kapitän?

Eine Reiseleiterin auf ihrem Weg ins Glück
Der Erlebnisse erster Teil

Erzählt von Heidi von Bahlingen
Aufgeschrieben von Johannes Flörsch

Es ist ein weiter Weg von der ersten Idee zum gedruckten Buch, und bestimmt haben wir auf diesem Weg einiges übersehen. Wenn Sie Fehler finden, wenn Sie Anregungen haben, wenn Sie etwas mehr wissen wollen, schreiben Sie mir bitte. Ich freue mich über Lob, Kritik und Änderungsvorschläge: hseiter864@gmail.com

VORVORSPANN

»A man can be destroyed but he will never be defeated.«
Ernest Hemingway — *Der alte Mann und das Meer*

Ist dies die Geschichte der Erlebnisse einer Reiseleiterin auf einem Kreuzfahrtschiff? Ja, natürlich! Aber auch nein – oder genauer: nur auf einer sehr äußerlichen Ebene.

Dies ist die Geschichte eines manchmal verzagten, aber sich niemals beugenden Mädchens, das zur Frau heranwuchs und gegen jeden Widerstand ihren Traum verwirklichte. Der Traum? Das zu tun, was sie alleine will, und nicht, was andere von ihr wollen.

War ihr der Traum bewusst? Wir wissen es nicht. Aber sie muss gespürt haben, dass ein Traum in Erfüllung gegangen ist, als sie am Ziel ihrer Träume angelangt war.

Sich nichts vorschreiben lassen, den eigenen Weg finden wollen ist erst einmal nur eine Haltung. Die Haltung muss mit Leben gefüllt werden, muss einem Weg folgen, sonst bleibt sie im Lehnstuhl sitzen, rührt sich nicht vom Fleck zwischen all den angestaubten Büchern, raucht ein Pfeifchen und wirkt, nun ja: gönnerhaft und intellektuell, altväterlich, theoretisch, blutleer und kalt. Strickweste und Filzpantoffel.

Und so steckt in den Erzählungen und Berichten, auch wenn es nicht eigens betont wird, der Gegenentwurf zur Behaglichkeit. Ein Sausewind auf der Suche nach dem für sich persönlich reservierten Glück.

Hat der Sausewind an sich gezweifelt, wenn abends nach den langen Stunden mit all den fremden Menschen an Bord das Licht in der winzigen Kabine ausging? Wenn die Wellen sich besänftigten, die Wellen des Meeres und die Wellen an Bord, wenn wieder ein Tag vorüber war, und sie sich fragte, wo auf dem Meer ihres Lebens ihr Boot trieb? Sie hat. Aber sie hat sich nicht unterkriegen lassen. Ein neuer Tag – ein neues Leben! Bis hin zu dem Moment, an dem Sausewind der Liebe ihres Lebens gegenüberstand.

Sie erfahren aus erster Hand, wie es zugeht an Bord eines Kreuzfahrtschiffes. Sie lernen skurrile Bräuche kennen und nervige Passagiere. Langweilige Orte und mitreißende »Locations«. Mobbende Kollegen einerseits, Familienbande andererseits. Sie lesen, was die Crew anstellt, wenn sie frei hat – und warum sie das tut. Sie werden, falls Sie sich gerade zufällig auf Kreuzfahrt befinden sollten, hinter Ihrem persönlichen Steward, Ihrer Purserin, Ihrer Reiseleiterin den Menschen entdecken.

Noch ist der Vorhang geschlossen, noch ist die Bühne leer. Sie sitzen im Saal, das Licht geht aus. Die Vorstellung kann beginnen.

Und wie bei jedem guten Theaterstück wird nicht immer alles erzählt; vieles spielt sich in Ihnen, der Zuschauerin, dem Zuschauer, ab. Es kommt immer darauf an, wie viel Sie zulassen und sich vorstellen wollen.

Herzlich willkommen. Schiff ahoi!

WIE ICH ZUR SEEFRAU WURDE

Ich wurde am 7. April 1966 als Heidi geboren.

Nun gut, ich will ehrlich sein: Der Name stand nicht auf meiner Nabelschnur, den Namen gaben mir meine Eltern. Was ich aber mitbrachte, als was ich wirklich geboren wurde, war mein Sternzeichen: Der 7. April liegt im Sternzeichen Widder. Sie wissen schon: Widder, das sind die, die mit dem Kopf durch die Wand gehen und dann feststellen, dass sie dort eigentlich gar nicht hinwollten. Und wo wir schon bei der Astrologie sind: Es sollte schlimmer kommen.

Wenn die Sonne im selben Sternzeichen steht wie der Aszendent, verstärken sich die beiden. Sagt die Astrologie. Nach mehr als 50 Jahren auf diesem Planeten kann ich sagen: »Da hat sie einfach recht, die Astrologie.« Mein Aszendent ist ebenfalls Widder – ich bin ein sogenannter doppelter Widder. (Habe ich Ihnen das schon gesagt? Widder gehen durch die Wand, immer und überall, zerdeppern sämtliches Porzellan und treten anderen auf die Füße. Aber wir Widder sind auch sooo charmant.)

Ich könnte es an dieser Stelle gut sein lassen, aber die Astrologie ist noch nicht fertig mit mir. Ich bitte um Verständnis: Sollte es Sie langweilen, gehen Sie bitte zum übernächsten Absatz, da fasse ich zusammen, was ich gleich etwas umständlich beschreibe.

Doppelter Widder also, Sonne und Aszendent im selben Zeichen. Zu jedem Zeichen gehört ein Planet; Planeten sind in der Astrologie so etwas wie die Motoren, sie bringen das Sternzeichen auf Trab. Zum Zeichen Widder gehört der Planet Mars. Mars, der Krieger, Mars, der Kämpfer. Mars, der Ungestüme, der, dem keine Aufgabe zu viel wird, der alles beginnt, der Eroberer, der Pionier. Und nun dürfen Sie raten, in welchem Zeichen Mars stand, als ich zur Welt kam? Genau: im Zeichen Widder. Die Heidi, die Ihnen hier von der Kreuzfahrt ihres Lebens erzählt, ist ein dreifacher Widder!

Dreifacher Widder! Sonne, Aszendent und Mars im Zeichen Widder. Da hält kein Knopf an der Bluse! Wie viel Porzellan ich zerdeppert habe? Ich weiß es nicht, wer will schon wirklich all die Scherben zählen? Nur meine Knochen waren, nun ja, sie waren nicht stark genug. Sie hielten dem Widder-Druck nicht stand: Ich leide an einer seltenen Knochenkrankheit, der *Osteogenesis imperfecta*, der Glasknochenkrankheit. Ich lebe in der ständigen Gefahr, dass meine Knochen beim geringsten Anlass brechen. Und ums genau zu nehmen, und dann soll Schluss sein mit der Jammerei, die Knochen brauchen noch nicht einmal einen »Anlass«, sie können auch einfach so brechen. Beim Spaziergang zum Beispiel.

Ich bin jetzt ein wenig auf Ihre Vorstellungskraft angewiesen. Ein Mensch, der mit so viel Energie die Erdenbühne betritt, den sein Körper aber ausbremst, hemmt, ja beinahe schon behindert – können Sie sich vorstellen, wie der sich fühlt? Wie es dem geht? Wie dessen Kindheit aussieht? Ich wollte raus, ich wollte Wiesen und Wälder erkunden, die Welt erstürmen. Doch ich war gefesselt durch meine Krankheit, verbrachte mehr Zeit im Krankenhaus als draußen.

Mit 15 Jahren durfte ich zum ersten Mal eine Schule besuchen, vorher wurde ich zu Hause unterrichtet. Was für ein Fiasko! Regeln, Stillsitzen, aufmerksam sein und Geduld haben müssen, das alles kannte ich bis dahin noch nicht. 45 Minuten mit durchgedrücktem Rücken auf der Schulbank hocken? Du meine Güte! Statt zu liegen wie im Krankenhaus, musste ich nun sitzen. Wo war der Unterschied?

Schule? Das war zu viel für das Mädchen, das ich damals war. Ich ging an die Decke, ich widersetzte mich. Und bald kannte man mich nur noch unter dem Namen »der kleine Rebell von Bahlingen am Kaiserstuhl«. Das mit dem »klein« fühlte sich zwar etwas gemein an (ich messe nur einen Meter neunundvierzig), aber irgendwie fand ich's auch gut. Ich trug meinen Titel mit Stolz, meine Krankheit hatte mich zu etwas Besonderem gemacht, und das war, was ich wirklich wollte: egal wie, egal was – alles, nur nicht normal sein!

Manchmal, wenn ich heute zurückdenke, versuche ich mir vorzustellen, wie ich die Menschen in meiner Umgebung belastet habe, wie anstrengend ich gewesen sein muss. Wenn Sie das lesen und zufällig aus Bahlingen am Kaiserstuhl kommen und von mir gehört haben sollten, schreiben Sie mir. Ich bin gespannt.

Manchmal kommt es anders, als man denkt

Kennen Sie Jane Heller? Ich vermute, eher nicht. Ich lernte Jane kennen, da war ich Mitte dreißig. Jane Heller sollte diejenige werden, die mir den Kopf durch die Wand drückte hinein in einen Raum, in dem ich endlich, endlich sein wollte. Aber der Reihe nach.

Schule, Ausbildung, Beruf. Mein Gott, wie mich das anödete! Der *Rebell von Bahlingen* war zwar immer noch klein, aber er war älter geworden. Und (Achtung, Gefahr: dreifacher Widder!) er wurde ungeduldig. Die Arbeit erschien mir sinnlos, nutzlos, inhaltsleer. Ich brauchte meine tägliche Dosis Aufregung, das Gefühl, dass ich lebte und nicht, na ja, Sie wissen schon: funktionierte. Mir kam eine Idee. Bevor ich vor lauter Frust in die Luft ging – warum nicht wirklich in die Luft gehen? Als Stewardess käme mein Leben in Bewegung, dachte ich, hoffte ich und bewarb mich. Doch wissen Sie, was? Ich wurde nicht einmal zum Vorstellungsgespräch eingeladen, ich nahm an keinem Auswahlverfahren teil. Wenn Sie ein paar Zeilen zurücklesen, wissen Sie, warum: hundertneunundvierzig Zentimeter. Ich war, ich bin zu klein. Das war zwar etwas Besonderes, doch was half es?

Da trat Jane Heller in mein Leben. Genauer: in meinen Traum.

Erfahrungen sammelt man durch Erfahrung

Ich war zu klein, ich war genervt. Von meinen Männererlebnissen berichte ich ein anderes Mal, für den Moment soll es reichen, wenn Sie von dem Geschenk meiner Cousine erfahren. Das Geschenk meiner Cousine: Sie machte mich mit Jane Heller bekannt. Ich muss präziser sein, sonst glauben Sie am Ende noch, ich würde hochstapeln. Ich habe Jane Heller nie persönlich kennengelernt, leider; meine Cousine schenkte mir nur einen ihrer Romane. »Trau niemals einem Mann« heißt er, und für einen Moment fragte ich mich, ob meine Cousine auf etwas anspielen, ob sie mich trösten wollte? Ich weiß es nicht. Was ich weiß: Ich verschlang das Buch.

Inhalt »Trau niemals einem Mann«

Drei frisch geschiedene Freundinnen gehen auf Kreuzfahrt und erleben die Reise ihres Lebens – Sex and Drugs and Rock 'n' Roll! Und ein Mordkomplott und natürlich ganz viel Liebesgeplänkel und Romanze. Mehr ist nicht.

Und es hat Klick! gemacht

Wirklich nicht mehr? Von wegen! Da stand sie geschrieben, die Mischung, die ich in meinem Leben suchte, das Drehbuch, das ich für mein Leben brauchte! Als feiner, netter, zügiger Roman voller Romantik. Kreuzfahrt, Traumschiff, Käpt'ns Dinner – Ziel erreicht! Mitten in der Nacht machte es *klick!* in meinem Kopf. Die Kämpferin in mir wärmte ihre Muskeln auf – endlich!

Schon am folgenden Morgen ging ich ins nächste Reisebüro, hier gab es die Adressen sämtlicher Reedereien. Ich schrieb Bewerbung um Bewerbung und fuhr von Bahlingen am Kaiserstuhl in den Norden nach Bremen. Ich fuhr nach Cux-, nach Bremer- und nach Wilhelmshaven zu den Hotspots der Kreuzfahrtlinien. Es folgte ein Vorstellungsgespräch auf das andere, all meine Energie lud ich in die halben Stunden an den Tischen der Personalverantwortlichen.

Sie waren freundlich, da gibt es nichts zu meckern, aber in ihren Gesichtern stand Skepsis. Ausnahmslos jede bedankte sich, ausnahmslos jeder bedauerte: »Sie müssen verstehen, Frau Seiter, ein großes Schiff, tausend Menschen, nie Routine, immer stürmt Neues auf Sie ein, Sie werden mit Überraschendem, nie Dagewesenem konfrontiert, und dann noch Ihr Dialekt ... da braucht es Erfahrung und Improvisationstalent. Haben Sie Erfahrung? Sie brauchen Erfahrung. Und haben wir Ihnen schon gesagt, dass es Erfahrung braucht? Aber leider haben Sie keine Erfahr...!« Bei *Heartbeat Cruising Tours**, einem Veranstalter in Bremen, platzte mir der Kragen.

»Wie soll ich Erfahrung sammeln, wenn mir kein Mensch die Möglichkeit dazu bietet?«, fuhr ich den unschuldigen Menschen vor mir an. Mein Widder sprang ungezügelt über den wunderschönen Glastisch auf ihn zu. »Was soll ich denn Ihrer Meinung nach tun?« Dem Mann stand der Mund offen, mit solch einer Attacke hatte er sicherlich nicht gerechnet, schon gar nicht von einem hundertneunundvierzig Zentimeter kleinen Temperamentbündel in altrosafarbenem Kostüm. Ich stand auf, raffte meine Unterlagen zusammen und verschwand. Das war's mit meiner Karriere, das war's mit meinem Traum. Bye-

bye, Jane Heller, war nett, dass du mich ermuntert und mir eine Möglichkeit eröffnet hast, aber wie du selbst siehst, es bleibt ein Traum. Mit Tränen in den Augen fuhr ich zurück ins beschauliche, niedliche, gutbürgerliche, weinselige, ins, ja für mich unerträglich geruhsame Bahlingen am Kaiserstuhl.

Nachtrag

Ich stand am Fenster und schaute in den Regen hinaus. Zwei Tage war ich wieder im Land, und noch immer nicht fühlte ich mich zu Hause, noch immer nicht war ich in mir angekommen. So viel Energie war draufgegangen, ich war ausgelaugt, unendlich schwach, enttäuscht und ratlos.

Der Regen prasselte gegen die Scheiben, das andere Geräusch drang nur zögerlich in mein Bewusstsein. Das Telefon klingelte, ich hob ab: »Seiter?« Am anderen Ende war der Mann mit dem offenen Mund. »Frau Seiter, so leid es mir tut, aber es hat sich nichts geändert: Sie haben keinerlei Erfahrung«, sagte er. So weit waren wir schon mal gewesen, warum also rief er dann an? »Sie haben keinerlei Erfahrung«, wiederholte er. »Aber Sie haben mich beeindruckt. Sie sind durchsetzungsstark, Sie stecken voller Energie. Wir wären schlecht beraten, wenn wir Ihnen keine Chance geben würden. Wann können Sie anfangen?«

Heartbeat Crusing Tours gab mir die Möglichkeit, Erfahrungen zu sammeln. Und von diesen Erfahrungen, von diesen Erlebnissen handelt dieses Buch.

* Alle offiziellen Namen in diesem Buch wurden geändert.

DIE SACHE MIT DEM HUBSCHRAUBER

Auf jeder Kreuzfahrt tauchen sie auf und stellen ihre Fragen: die Wissbegierigen und die Neugierigen, aber auch die im besten Sinne Naiven. Und dann gibt es schließlich noch diejenigen, bei denen man sich fragt, wie sie bisher ohne größere Blessuren durchs Leben kommen konnten.

Gast: »Übernachten die Angestellten auch auf dem Schiff?«

Crew-Mitglied: »Nein, die werden nachts mit dem Hubschrauber an Land geflogen.«

Nachtrag

»Übernachten die Angestellten auch auf dem Schiff?«, hat sie wirklich und ernsthaft wissen wollen, die Dame.

Und als ob diese Frage nicht schon skurril und unwirklich genug gewesen wäre, hat die Dame noch eine Steigerung geliefert. Wenn Sie neugierig sind, blättern Sie ruhig schon jetzt einmal bis zum Ende. Sie werden es nicht glauben ...

DAS ABENTEUER BEGINNT

»Wie groß sind Sie denn?«, fragt mich der Mann in Uniform. Ich stehe am Vordeck und blicke über den Bug hinaus Richtung Zukunft. Bestimmt ein Kapitän, denke ich, so schmuck wie seine Uniform aussieht, und wäre normalerweise beeindruckt gewesen. Der Kapitän (oder was immer er war) hat nur einen Fehler gemacht – er hat das Sie betont (»Wie groß sind Sie denn?«) und damit an einer meiner empfindsamen Stellen gerührt. Ich kann nichts für meine Augenfarbe, ich kann nichts für mein Geschlecht, ich kann nichts für meine Größe. Und dass ich in Freiburg geboren wurde, kann man als Glück bezeichnen oder als Fluch. Wie auch immer: klein gewachsen bin ich, aber klein oder gar kleinlaut kam in meinem Vokabular nicht vor.

»Anderthalbmal so groß wie *Oskar Matzerath*«, hätte der kleine Rebell von Bahlingen am liebsten geantwortet; Sie erinnern sich: In meiner Kindheit galt ich meiner Umwelt als rebellisch. Aber gut, Oskar Matzerath. Schon möglich, dass der Uniformlümmel vor mir die Hauptfigur des Romans von Günther Grass *Die Blechtrommel* kannte, diesen 94 Zentimeter großen Oskar Matzerath. Dann hätten wir beide gelacht. Doch was, wenn nicht? Riskante Sache, und so versuchte ich es mit Schweigen (eine Disziplin, die ich mehr schlecht als recht beherrsche), bis er wohl merkte, dass er keine Antwort bekommen würde. Er drehte ab, und ich seufzte auf. Mein erster Tag – das schien heiter zu werden.

Ja, da stand ich nun exakt zur Jahreshälfte, am 13. Juni 1998, auf meinem Traumschiff. Ich, das kleine Mädel auf der *MS Lady*. (In Zeitungen steht an dieser Stelle gerne mal ein Sternchen hinterm Namen mit dem Vermerk: »Sämtliche Namen wurden auf Wunsch der Betroffenen von der Redaktion geändert.« Mit anderen Worten: Die *MS Lady* trägt natürlich einen anderen Namen – und sie befährt nach all den Jahren immer noch die Meere dieser Welt!) Doch die Krone meiner romantischen Vorstellung vom Leben als Reisende hatte schon ihre erste Schramme, bevor sie richtig auf dem Kopf Platz genommen hatte.

Heute noch sehe ich mich mit meinem kleinen (was auch sonst?) Koffer, der im Keller Staub angesetzt hatte, bis ich ihn aus der Ecke zog und ihm verriet, was auf ihn wartete: nichts weniger als die Welt! Er, das schwarzkarierte Fünfzigerjahre-Relikt, das Stückchen Heimat, das mich begleiten würde, und ich, die optimistische, rastlose und energische Frau am Wendepunkt ihres Lebens. Ade, Freiburg! Ade, Mief und Muff! Ade, Vergangenheit! Ich packte meine paar Habseligkeiten – wo ich hinwollte, würden einige T-Shirts genügen, ein, zwei Hosen und, nicht zu vergessen, etwas Unterwäsche.

Meine Schwester brachte mich zum Bahnhof nach Freiburg. Das war meine Welt, die ich hinter mir lassen wollte, Abfahrt 9:46 Uhr. Ein paar Gleise, eine zugige und lärmende Bahnhofshalle. Vor mir lagen die ersten knapp tausend Kilometer eines neuen Lebens. Der ICE *Seppl Herberger* aus Zürich sollte mich nach Kiel bringen, wo auf mich die *MS Lady* wartete, das Schiff, das zwölf Jahre zuvor vom Stapel gelaufen war. Die *MS Lady*, sie galt, wie konnte es anders sein, als kleines Kreuzfahrtschiff. Mein Gott, ich kann gar nicht sagen, wie aufgeregt ich war. Ich konnte nichts essen und habe, glaube ich, meinen Proviant für die Zugreise später über die Reling geworfen und an die Möwen verfüttert.

Sieben Stunden später. Ich steige in einem mir fremden Land aus – in Schleswig-Holstein. Die Luft riecht anders, die Menschen sprechen anders, selbst die Sonne scheint anders. Und nun? Ganz einfach: Widder sind die Eroberer des Tierkreises.

»Zum Schiff!« sage ich dem ersten Taxifahrer vorm Bahnhof, der sich bei einer Zigarette die Zeit vertreibt. Er mustert mich, den Fuß auf der Türschwelle, die Arme auf der offenen Türe gestützt. »Aha«, sagt er bedächtig. »Wissen wir auch den Namen?« Nimmt er mich ernst? Ich glaube nicht. Aber noch bin ich souverän. »Die *MS Lady*«, nenne ich mein Ziel. MS und Lady, das wird ihn beeindrucken, denke ich, doch Pustekuchen!

Wo sie denn liege, die *MS Lady*, will er wissen. Jetzt reicht's. Ich werde schnippisch, die Vorstufe zum Krawall. »Da wo ich herkomme, findet man Schiffe im Hafen«, sage ich. »Und wie ist das hier?« Ich deute vage mit meinem Arm in die Runde. Der Taxifahrer bleibt ungerührt. »Marina? Fährhafen? Kreuzfahrthafen?« Aha, so ist das also in der kleinen großen Welt an der Ostsee, und zum ersten Mal bekomme ich eine leise Ahnung von der Dimension meines Unterfangens. »Kreuzfahrt«, sage ich, mit einem leisen Fragezeichen in der Stimme. Der Taxifahrer wirft die Kippe weg, wir fahren los.

DECK ENTERN!

Ich hätte den Mund halten, hätte meine vorlaute Klappe nicht so weit aufreißen sollen. Je näher wir dem Hafen kamen, desto fremder wurde die Welt. Möwen schossen durch die Luft wie Korben Dallas in seinem Lufttaxi, Rush-hour am Himmel. Lastwägen spien Container aus, Grüppchen von Uniformierten beugten sich über Listen auf Klemmbrettern, ein-, zweimal ließ ein tiefes Tuten die Luft vibrieren – das hier war ein winziges bisschen anders, als Klein-Heidi sich das in ihrer Bahlinger Behaglichkeit ausgemalt hatte. Sechs, sieben Schiffe, jedes einzelne bullig und riesig wie die Plattenbausiedlungen von Berlin Ost, strahlend weiß, das machte selbst auf mich Eindruck, und ich rutschte auf der Rückbank tiefer in den Sitz.

Der Taxifahrer drehte sich um, den Arm auf dem Beifahrersitz. »Da geht's rauf«, sagte er, sein Zeigefinger deutete in Richtung eines Schiffs. Und tatsächlich, dort lag sie, zwei Lastwagenlängen vor mir, die *MS Lady*! Fett und schwarz prangte ihr Namen in schwindelerregender Höhe an der Bordwand über mir! Dicke Trossen ... oh, Entschuldigung: Wissen Sie überhaupt, was das ist, eine Trosse? Am besten, ich mache das so: Extra für Sie lege ich ein Wörterbuch an. Sie finden es ganz am Schluss. Ab jetzt werde ich immer dann, wenn ich ein Wort aus der Schifffahrt verwende, einen Eintrag in diesem Wörterbuch machen. Aber jetzt erst einmal die Erklärung: Trossen, das sind die dicken Taue, die armdicken Seile, mit denen das Schiff an den Pollern festgebunden wird wie der Hund vor der Metzgerei. Poller wiederum … aber das sehen Sie ja dann im Wörterbuch. Also nochmal: Dicke Trossen führten schräg und gespannt von Heck und Bug (Wörterbuch!) an den Kai (Wörterbuch!) und waren um die Poller gewickelt. Etwa in der Mitte des Schiffes sah ich eine schräge Linie vom Kai nach ganz oben zu einer Lücke in der Reling (Sie wissen schon: Wörterbuch). Am Ende der Linie befand sich der Eingang zum Schiff, die Tür, oder wie immer das auf See heißen mochte.

Kein Sesam-öffne-dich

Die Linie war die Gangway, ein ewig langer Steg hoch zum Eingang, irgendwo am Ende des Himmels. Ich dachte: »Da komme ich nie rauf!« Aber dann habe ich es doch geschafft.

Oben angekommen, wollte mich ein Fotograf knipsen, was wohl so üblich war an Deck und vielleicht ganz nett gemeint. Es kam für mich aus zwei Gründen nicht infrage: Erstens bin ich eine Frau – ich lasse mich nur fotografieren, wenn ich nach Rosen und Veilchen dufte, sprich: auf keinen Fall, wenn der Dreck der Zugfahrt unter den Fingernägeln hervorlugt und der Schweiß der Erstbesteigung eines Kreuzfahrtschiffes auf der Stirn glänzt. Und zweitens war ich doch jetzt Crew-Mitglied! Mitarbeiterin mit Anspruch auf Kost und Logis! Apropos Logis: Wo in diesem Universum namens *MS Lady* war mein Zimmer?

Höchste Zeit, glaube ich, mal ein wenig über die Dimensionen des Schiffes zu sprechen.

Kleiner Einschub

Die *MS Lady* ist ein kleines Schiff. Halb so groß wie die Pötte, die heutzutage vom Stapel laufen, die *Symphony of the seas* beispielsweise. Heute gibt es, das müssen Sie sich einmal vorstellen, Kreuzfahrtschiffe, die sind länger als die längsten Flugzeugträger und höher als acht, neun, zehn übereinander gestapelte Tyrannosaurus Rex. Das sagt Ihnen nichts? Na dann, ein anderer Vergleich.

Stellen Sie sich ein Kreuzfahrtschiff an Land vor, irgendwo auf einer Wiese fernab eines Meeres oder in der Sahara. Und nun (ich verleihe Ihnen für diesen Vergleich einfach mal die Kräfte von Supermann) stupsen Sie das Kreuzfahrtschiff an, sodass es auf die Seite fällt wie eine Katze, die gekrault werden will. Da liegt es nun der Länge nach. Haben Sie es vor Augen? Sehen Sie es?

Fußballfelder sind 120 Meter lang und mindestens 45 Meter breit. Die *Symphony of the seas* ist 361 Meter lang und 65 Meter hoch – drei Fußballfelder! Der Eiffelturm (324 m) könnte der Länge nach im Schiff versteckt werden und es wäre noch eine Fußballfeldbreite Platz!

Meine *MS Lady* brachte es auf immerhin 176,5 Meter. Wo also war meine Kabine?

In der Kabine

Hatte der Fotograf seine Bilder gemacht? Ehrlich, ich weiß es nicht mehr, denn aus den Tiefen des Raums kam eine Frau in blütenweißer Bluse und blauem Rock auf mich zu, sagte »herzlich willkommen!« und geleitete mich zur Rezeption, wo ich den Schlüssel für meine Kabine erhielt. Großes, großes Glück: Ich bekam eine Kabine ganz für mich alleine. Wie ein Sechser im Lotto, normalerweise teilen sich die Besatzungsmitglieder die Unterkünfte.

Bis heute kann ich noch nicht sagen, wie der Weg zur Kabine verlief. Auf mich stürzten die vergangenen Tage ein, die »Erleuchtung« durch Jane Heller, die Suche nach einer Stelle, die Bewerbungsgespräche und die Absagen, die Absagen, die Absagen. Mir kam es vor, als stünde ich im Transitraum zwischen zwei Welten, zwei Existenzen.

Ich warf einen Blick über die Schulter. Dort, wo die Gangway ins Schiff ragte, wo der Fotograf stand, blitzte ein Rest des blauen Himmels in die sanfte, vornehme Dunkelheit der *MS Lady*, die Welt, die ich ab nun hinter mir lassen würde.

Heldenstory

Seit Anbeginn erzählt sich die Menschheit Geschichten von Helden, die etwas aufgeben, etwas hinter sich lassen müssen, Vater, Mutter, Geliebte, weil sie eine Aufgabe zu erfüllen haben, weil sie eine heilige Pflicht eingegangen sind. Herkules musste seine zwölf Aufgaben erfüllen, Odysseus verließ Penelope, und Harry Potter betrat Hogwarts. Dies hier war mein Moment, mein Weckruf. Ich betrat eine andere Welt. Ich hatte es so gewollt. Und nun hatte ich, bitte entschuldigen Sie: Schiss. Um ehrlich zu sein: Ich hatte sogar eine scheiß Angst.

Aber wie so oft in engen Schicksalsgemeinschaften sind die Betroffenen durch das Gemeinsame verbunden. Herzlich verbunden. Die erste Begegnung mit meinen neuen Kollegen stand bevor. Was soll ich sagen? Es war wunderbar! Ganz so, als ob wir uns schon ewig kennen würden. Wir stellten uns vor, alle hießen mich in ihrem Kreis willkommen, und schon ging es los mit der Arbeit.

Alle redeten durcheinander, der SOS-Meetings-Cruise-Plan stand auf dem Programm. Ich sollte erst mal den Koffer abstellen, dann stiegen wir hinab in den Bauch der *MS Lady* und landeten – in China.

Tief unten – im Reich der Mitte

Tief unten im Schiff ist es heiß. Sehr heiß. Das kommt von der Wäscherei, und die Wäscherei ist traditionell in den Händen von Chinesen. Die wieselflinken Menschen aus dem Reich der Mitte sorgen dafür, dass den 656 Passagieren stets frische

Bettwäsche zur Verfügung steht, blütenweiße Tischdecken, gereinigte Vorhänge, blitzblanke, duftende Handtücher. Und wenn sich ein Glas Rotwein über die Abendgarderobe ergießt, beseitigen Chinesen (»Machen Sie sich keine Gedanken, Madame! Das wird schon wieder«) den Fleck. Sie waschen dir sogar deine komplette Wäsche, sodass du am Ende der Reise die Koffer nur noch in deinen Kleiderschrank zu Hause einräumen musst. Was für ein Service!

Ich kam in einen kleinen Raum neben der Wäscherei. Hier residierte Schneider Mac Mac. Er gab mir ein großes Paket mit einer Uniform, dann wurde ich zurückbugsiert in meine Kabine. Carola, sie würde zu einer meiner liebsten Kolleginnen werden und eine gute Freundin dazu, riet mir zur Eile.

»Mach schnell! Zieh deine Uniform an und komm wieder hoch zur Rezeption!«

Im Paket lagen ein Rock, zwei Hemden, eine blaue Jacke, eine weiße Jacke. Alles in Normgröße. Oje! Normgröße für einen Zwerg wie ich.

Gedacht war er als knielang, aber der Rock reichte bei mir bis du den Füßen. Die Ärmel der Jacken waren lang wie das A-Rohr der Freiwilligen Feuerwehr von Entenhausen – als ich an der Rezeption auftauchte, musste ich auf die anderen gewirkt haben wie ein zu heiß gebadetes Kind vorm Debütantinnenball: »Mein Gott, Heidi, wie siehst du denn aus?« Selbst wer mein Aussehen nicht kommentierte, ließ am Gesichtsausdruck erkennen: Hier war eine erste Herausforderung zu bewältigen.

Das Mitgefühl war echt und die Sorge rührte mich. Zum ersten Mal erlebte ich die praktische Effizienz einer Crew. Sofort brachte mich Carola zu Mac Mac, aber die notwendigen Änderungen waren für ihn nicht so rasch auszuführen. Mac Mac gab mir einen kleineren Rock und eine halbwegs passende Jacke, das musste für den Moment reichen.

Was sich allerdings nicht so rasch anpassen ließ, war mein badischer Dialekt.

Die Besatzung auf den Kreuzfahrtschiffen pflegt einen lässigen Ton, wir duzen einander. Erst ab den »Streifenhörnchen« wird es wieder offiziell. »Du, Käpt'n, treffen wir uns heute Abend auf einen Absacker in der Bar?«, kommt gar nicht gut an. Es stellt sich die Frage, wie wir beide es denn zwischen uns halten wollen, liebe Leserin, lieber Leser? Ein Vorschlag.

Sie wissen ja jetzt schon einiges über mich, und im Laufe des Buches werden Sie immer mehr (auch Intimes) über mich erfahren. Da fühle ich mich einfach wohler, wenn wir uns duzen, einverstanden?

Falls Ihnen das unangenehm ist, schreiben Sie mir, bitte. Wenn die Zeit reicht, werde ich das gerne im zweiten Band berücksichtigen.

Vielen Dank!

Ach so: *Streifenhörnchen* nennen wir die Menschen in Uniform, deren Rang durch Streifen auf den Schultern für jeden sichtbar angezeigt wird.

BABYLONIEN

Ach ja, mein badischer Dialekt!

Auf einem Kreuzfahrtschiff treffen Nationen aufeinander. Die Reisenden auf meiner Jungfernreise, die sogenannten Paxe, kamen damals alle aus Deutschland, die Besatzung bestand aus schnatternden Chinesen, sangesfreudigen Filipinos, feurigen Südamerikanern, höflichen Indonesiern, aus oftmals verschlossenen Ukrainern, diensteifrigen Österreichern – die gemeinsame Sprache war Englisch. Die neuen Freunde unter meinen Kollegen sprachen Deutsch. Ob ich wollte oder nicht: Mit »Reden, wie der Schnabel gewachsen ist«, kam ich, die Badenerin, hier nicht weit.

Ich packte all mein Wissen zusammen und versuchte mich am Schriftdeutschen bzw. an dem, was ich dafür hielt. Für den Anfang sollte, ja musste das genügen.

Die Zeit raste dahin, überall Neues, hier eine Abstellkammer, dort ein Telefon. Orientierungstafeln an den Wänden und immer wieder Durchsagen übers bordeigene Kommunikationssystem. Das war, stellte ich auf einmal fest, schon seltsam. Jeder wurde über alles informiert, nur ich, Klein-Heidi aus Bahlingen, wusste noch nicht einmal, wofür ich an Bord eingeplant war.

Unsicherheit ist keine Sache für die im Sternzeichen Widder Geborenen. Auch wenn ein Schild das Ende der Welt kündet – sie gehen einfach weiter. Aber das hier war selbst für einen dreifachen Widder wie mich eine Nummer zu unübersichtlich. Es gab sogar mal was zu futtern, aber ich war so aufgeregt, ich brachte keinen Bissen hinunter. Und munter spulte das Startprogramm vorm Ablegen weiter. Es gab eine Seenotrettungsübung, ich wurde, quasi im Vorbeigehen, dem Kapitän vorgestellt, ich kam mit dem Denken und Verstehen gar nicht hinterher, doch dann, doch dann, doch dann, endlich, hieß es:

»LEINEN LOS!«

17 Uhr. Draußen, irgendwo weit unter mir, hievten Matrosen die Trossen von den Pollern. Das Schiff löste sich vom Kai. Ich weiß nicht, ob mir meine Erinnerung einen Streich spielt, aber ich glaube, ich habe es gespürt. Wie diesen Moment, wenn du als Kind den knallroten Luftballon loslässt und er sich, langsam erst, von der Hand löst und gen Himmel taumelt. Und du nicht weißt, ob du trauern sollst über den Verlust oder dich freuen über die Freiheit, die er jetzt erlangt hat, der Ballon.

Wir standen am Lidodeck mit einem Glas Sekt in der Hand. Mein Gott, ich konnte es kaum glauben! Ich stand an der Reling und hörte das Schiffshorn und wir fuhren los und ich war so aufgeregt und ich war zugleich erschüttert und ich ... aber halt, Heidi! Du bist hier, um zu arbeiten. Ums Haar hätte ich es vergessen oder besser gesagt: verdrängt. Aber ich war ja nicht allein auf dem Schiff. Es gab ja noch die Passagiere.

Erstkontakt

Ein Passagier sprach mich von der Seite an. »Hallo Fräulein! Können Sie mir mal sagen, wo das Restaurant ist?«

Ich sah den Mann mit großen Augen an und dachte: »Gute Frage – nächste Frage!« Aber das hier war mein erster Auftrag in offizieller Mission. Mit Schnoddrigkeit käme ich hier nicht weiter, oder die Crew hätte mich an der ersten Insel ausgesetzt mit etwas Proviant und einer Buddel Rum; so ging das also nicht. Freundlich (und auf Hochdeutsch) fand ich den Ausweg.

»Ich habe keine Ahnung.« Ich sagte wirklich: keine Ahnung. »Ich bin heute ganz neu angekommen, aber vielleicht schauen wir zusammen, und dann finden wir das Restaurant.« Was für ein Auftakt!

Von den ersten Stunden meiner ersten Kreuzfahrt ist mir nicht mehr sehr viel in Erinnerung, das zu berichten sich lohnen würde, aber noch war mein Tag nicht zu Ende. Es wurde 22 Uhr, meine Kollegen nahmen mich mit zum Künstler-Meeting. Ehrlich gesagt, ich fühlte mich total zerschlagen und müde. Lisa, die nette Kreuzfahrtleiterin, stellte mich allen noch einmal offiziell vor, und dann wurde der sogenannte Arbeitsplan Cruiseplan erstellt. Gleich würde ich wissen, ob ich der Küche, den Zimmermädchen, den Kellnern oder wem und was auch immer zugeteilt werden würde.

Es kam viel besser.

Wünsch dir was!

Wenn ihr mir den Einschub erlaubt: Wenn du im Beruf rasch die Leiter raufklettern möchtest, dann versuche es auf einem Kreuzfahrtschiff! Mit ein bisschen Engagement, mit ein wenig Einsatz, mit Offenheit, Servicebewusstsein und einem immer (ich meine wirklich: immer!) freundlichen Wesen hast du ausgesprochen gute Chancen, vom Tellerwäscher zum Chef-Purser aufzusteigen. In meinem Fall hieß die Zauberformel: »Heidi, was möchtest du denn gerne machen?«

Ich benötige einen zweiten Einschub, und ich bitte erneut um Verständnis.

Heidi, geboren und aufgewachsen in der Enge des badischen Landes der sechziger Jahre; eingeschränkt durch Krankheit und Wachstum; ein Rebell ohne Truppen; nie eine Schule besucht; nie beachtet, im Gegenteil, meist verspottet, zumindest aber nicht ernst genommen – summa: voll unerfülltem Tatendrang und einem hin und wieder durchbrechenden Zorn auf ein Leben, das ich mir so niemals ausgesucht hätte; ein Mensch, nie befragt nach seinen Wünschen, immer auf der Suche nach seinem Weg, der von nun an auf dem Wasser zu finden sein mochte. Immer übersehen, immer ignoriert, immer herumgeschubst. Und dieser Mensch, immer übersehen, immer ignoriert, immer herumgeschubst, der wird von fremden Menschen gefragt: »Heidi, was möchtest du denn gerne machen?«

Ich glaube, ich habe in diesem Moment geweint. Gesehen hat das keiner, die Tränen, die ich weinte, umspülten meine Seele.

»Wie: *machen?*«, fragte ich.

»Na ja, was kannst du denn?«

»Ich dachte, ich bin doch hier Reiseleitung, oder nicht?«

»Ja, das bist du. Aber da gehören auch noch andere Sachen dazu.«

»Ok, was soll ich denn machen?«

»Irgendwas mit den Passagieren«, sagte Lisa. »So etwas wie Malen oder Spielen oder Gymnastik.«

Ich glaube, ich schaute wie ein Auto mit offener Motorhaube, aber schließlich sagte ich dann: »Ok, dann mache ich eben Gymnastik mit den Gästen.«

Gymnastik kannte ich von meinen zahllosen Behandlungen beim Physiotherapeuten (damals noch Krankengymnast genannt), und in Anbetracht der vorgerückten Stunde ergänzte ich: »Gymnastik gegen ein Uhr nachts.« Ich glaube, das war der Moment, an dem mich einige in ihr Herz geschlossen haben. Aber für mich begann eine Nacht voller Selbstzweifel.

Ich war fertig. Wie erschossen. Geistiger und emotionaler Jetlag. Körper und Geist hatten sich getrennt, beide waren erschöpft und außerstande für irgendein Gefühl. Ich wollte nur noch heim, heim in meine Kabine. Kabine, Kabine – wo verflixt war die nochmal? Ach, du meine Güte, ich will hier raus, ich will runter vom Schiff. Am besten sofort. Morgen früh, gleich nach dem Wachwerden, gehe ich zu Lisa, zu Carola, zum Käpt'n, zum Schneider Mac Mac und quittiere den Dienst. Lass mich aussetzen auf der nächsten ... und plötzlich stand ich vor meiner Kabine. Wie hatte ich hierher gefunden? Egal! Der Spuk war endlich vorbei, auf mich warteten ein sauberes Bett und eine Mütze voll Schlaf.

Durchs Bullauge sehe ich tiefschwarze Nacht. So schwarz, wie ich es noch nie zuvor gesehen habe. Doch plötzlich blitzt in dem Abgrund der Nacht ein Lichtlein auf. Ein Stern? Ein Sputnik? Die *MS Lady* schaukelt furchtbar, und der Stern verschwindet aus dem Rund des Bullauges. Nein, dir wird nicht schlecht, befehle ich mir. Aber morgen gehe ich wieder von Bord. Ganz bestimmt.

KINDERTRÄUME 1

Küchengespräch

»Heidi, was spielst du denn?«

»Ich spiele Familie. Das ist die Mutter. Das ist das Kind. Das ist Maja. Und mein Auto. Brrmmmbrmmm ...«

»Heidi, die stehen ja auf der Straße. Du musst aufpassen, dass Maja nicht vor ein Auto springt. Hat die Familie denn keine Wohnung?«

»Doch, die fahren jetzt alle zur Baustelle. Wo das Haus gebaut wird. Die Mama fährt, das Kind fährt, Maja fährt. Brrmbrmmm ...«

»Fehlt da nicht einer? Wo ist denn Papa?«

»Papa ist doch auf Arbeit, Mama. Da stört er nicht.«

ANFORDERUNGEN REISELEITUNG

Aufgaben an Bord

Sie fungieren als Gastgeber und kompetenter sowie freundlicher Ansprechpartner unserer deutschsprachigen Gäste.

- An Ihrem Arbeitsplatz sind Sie zentraler Informationsgeber für unsere deutschsprachigen Gäste.
- Mit Charme und Herzlichkeit sind Sie verantwortlich für einen reibungslosen Ablauf der deutschsprachigen Bordaktivitäten für unsere Gäste.
- Sie gehen mit Gästereklamationen professionell um und handeln lösungsorientiert.
- Sie übernehmen Verantwortung für den deutschsprachigen Teil der täglichen Bordinformation.

Profil

- Sie haben idealerweise eine abgeschlossene Ausbildung im Hotel- und Gastronomiebereich und können Berufserfahrung im Kundenservice nachweisen.
- Sie haben Erfahrungen im Beschwerdemanagement, Verkauf und in der Beratung von Hotelgästen.
- Ihre Muttersprache ist Deutsch, und Sie haben sehr gute Englischkenntnisse.
- Sie haben fundierte Kenntnisse in MS Office.
- Sie handeln stets dienstleistungsorientiert, sind ausgesprochen teamfähig und handeln eigenverantwortlich.

- Eine freundliche Kommunikation gehört zu Ihren Stärken, und Sie pflegen sehr gute Umgangsformen.
- Sie haben ein sicheres und selbstbewusstes Auftreten.

Diese Stellenbeschreibung entstammt der Internetseite transocean.de/karriere-10. Sie ist exemplarisch, das heißt: Jeder Veranstalter hat dieselben, zumindest aber sehr ähnliche Erwartungen an sein Personal.

Wer jetzt auf den Geschmack gekommen ist und selbst mal auf einem Schiff arbeiten möchte, findet mit Hilfe von Google mehr als genug. Hier der passende Suchlink:

http://bit.ly/auf-grosse-reise

DIE SACHE MIT DEM VIRUS

So anstrengend der gestrige Tag auch gewesen war: Habe ich deswegen schlafen können? Habe ich nicht. Ich fühlte mich ausgelaugt, überfordert, inkompetent und, was besonders schlimm war, fehl am Platz, desillusioniert. Wo auf dem Weg zur *MS Lady* waren meine Träume, meine Hoffnungen versandet?

Mehr noch als gestern, als ich in meine Kabine gegangen war, stand für mich fest: »Keine Minute länger! Ich muss hier wieder weg!«

Am Ende der Nacht schälte ich mich aus meinen Laken, zog mich an und ging zur Rezeption. Der Plan: kündigen, runter vom Schiff!

Wenn du die Götter zum Lachen bringen willst, erzähl ihnen von deinen Plänen.

An der Rezeption fragte ich nach der Doc-Purserin Tatjana. Sie war sofort zur Stelle. (Immer sind die Bediensteten an Bord »sofort zur Stelle«, das gehört zu ihren Aufgaben.)

»Ich will meinen Reisepass, Tatjana«, sagte ich.

Tatjana schaute mich an. »Aber wozu denn, Heidi?«

»Ich will hier weg«, antwortete ich, und für den Fall, dass sie es nicht glauben wollte, schob ich nach: »Sofort!« Und ich sprach mit der Kraft des willensstarken Widders, wohlgemerkt: des dreifachen Widders.

Tatjana schmunzelte nur.

»Okay, sagte sie. »Wenn du denn unbedingt weg willst, dann, bitte. Hier ist dein Reisepass.«

Ich steckte den Pass in meinen Koffer, blickte kurz zu Tatjana und machte mich auf den Weg Richtung Ausgang. Doch was war das? Alle Türen verschlossen! War ich, waren wir eingesperrt? Ein Anflug von Panik überkam mich, und ich hämmerte gegen das Schott, durch das ich gestern die *MS Lady* betreten hatte.

»Ich will hier raus«, zeterte ich. Aber Schiffe haben keine Ohren.

Ich fragte Peter, ich fragte Hubert, ich fragte Steph, alles Kollegen, die ich gestern Abend kennengelernt hatte: »Wie komme ich hier raus?« Genauso gut hätte ich fragen können: »Wo, bitte, geht's zum Mond?« Ich blickte in verständnislose Gesichter.

Endlich erbarmte sich Tatjana meiner. Sie war mir gefolgt, nahm mich bei der Hand und führte mich nach draußen aufs Außendeck. »Schau mal«, sagte sie. Ich ging zur Reling, ich blickte in die Ferne. Ich starrte in den Himmel und schaute nach unten. Um mich herum Wasser. Eine Menge Wasser. Eigentlich nichts anderes als Wasser. Bis zum Horizont erstreckte sich eine spiegelglatte Wasserfläche, und eine sanfte, hinter Dunst schimmernde Sonne kündete vom neuen Tag. Wir waren auf See. Wenn ich wirklich vom Schiff wollte, würde ich springen müssen. Dazu aber brauchte ich keinen Reisepass, höchstens einen Rettungsring. Und nun?

Noch immer nach all den vielen Jahren gehört Tatjana zu meinen innigsten Freundinnen, den Grundstein zu unserer Freundschaft legte sie in diesem Moment. Tatjana widmete sich mir mit all der Empathie und professionellen Gelassenheit, die sie sonst reserviert hatte für aufmüpfige Gäste, für unzufriedene Reisende, für ängstliche Gemüter. Zwei Minuten, und sie hatte mich wieder eingefangen. Zwei Minuten, und ich war ruhig und erkannte in der Sonne Hoffnungsschimmer.

»Schau mal«, sagte sie, »und vertrau mir. In diesem Moment sieht es vielleicht noch aus, als ob alles schiefgegangen wäre. Aber du darfst mir glauben, mit dem Schiff fahren, das ist wie ein Virus: Du hast ihn, oder du hast ihn nicht. Entweder man hasst es, oder man liebt es.«

Das war doch mal eine Ansage. Das Entweder-Oder kannte ich, anders gesagt: Nur die Harten kommen in den Garten. Genau das aber war ich gewohnt, wieder einmal erwachte die Kämpferin in mir. Wenn ich hier nicht wegkonnte, wenn ich nicht zurückkonnte, musste ich eben nach vorne gehen. Mit dem Kopf durch die Wand war nicht nötig, denn ich hatte ja liebe Kolleginnen und Kollegen, Freunde, die mir die Wand vorsorglich zur Seite schoben. Lisa zum Beispiel. Sie gab mir eine Aufgabe, und schon war ich unterwegs Richtung »Das-schaffe-ich-schon«.

»Heidi«, sagte sie, »du hilfst jetzt erst einmal Stephanie, damit du siehst, wie es funktioniert.« Stephanie war zuständig für den Frühsport an Deck. »Zieh dir was an, eine Gymnastikhose, Turnschuhe, und mach einfach mit.« Ja, super! Sport war mein Ding. Aber, ach du meine Güte, ich hatte keine Turnschuhe! Davon war nicht die Rede gewesen. Der Mann im Bremer Büro hatte mir gesagt, ich müsse nichts Spezielles mitnehmen, an Bord gäbe es alles.

»Kennen wir«, sagte Lisa. »Dann wirst du morgen in Reykjavík keinen Ausflug begleiten, sondern mit Stephanie Turnschuhe kaufen.« Reykjavík! Allein der Klang beruhigte mich, und auf einmal sah das Leben doch schon viel schöner aus. Und was sollte ich mit dem Rest des Tages anfangen? Ganz einfach: etwas Frauentypisches. Ich ging shoppen à la Schiff – ich ging zum Meister Mac Mac, denn noch sah ich ja aus in meiner zu großen Uniform wie eine Figur aus der Augsburger Puppenkiste, die sich auf die Bühne der Mailänder Scala verirrt hatte.

Schneider Mac Mac kürzte meine Jacke, erfand für mich einen passenden Rock, und schon schien ich auf einmal ganz passabel. Das Gute an den Tagen auf See: Tagsüber darf die Crew ganz leger rumlaufen. Beige Hose und Poloshirt oder Pullover genügen vollkommen. Nur abends und bei offiziellen Terminen gilt Uniformpflicht.

Ich begleitete Stephanie zum Sport mit den Gästen, ich lernte, wie man Shuffleboard spielt, ich war beim Vortrag dabei, wenn die Gäste auf die Landausflüge vorbereitet wurden. Wir waren in unserer Kantine essen und lüfteten uns nachher an Deck aus – der Duft der Fritteuse steckte in jeder Faser unserer Kleidung. Und dann gab es so etwas wie Mittagsruhe. Ein halber Tag geschafft, nein, eigentlich viel mehr: Dank meiner Freundinnen an Bord hatte ich, um mal im Bild zu bleiben, das Ruder herumreißen können. Ich war nicht mehr niedergeschlagen. Aber, Mann, war ich kaputt! Ich legte mich ins Bett und träumte von Reykjavík und den isländischen Geysiren, auf deren Fontänen Turnschuhe balancierten.

Rote Turnschuhe. Natürlich.

AUFTEILUNG DES SCHIFFES

Liebe Leserin, lieber Leser!

Während ich schlafe, will ich dir einen Überblick geben, wie so ein Schiff organisiert ist.

Solltest du jemals den Wunsch haben, auf einem Schiff zu arbeiten, helfe ich dir gerne mit Rat und Tat weiter. Schreibe mir, meine Adresse steht im Impressum, vorne im Buch. Hier und jetzt erfährst du erst einmal, wie so ein Kreuzfahrtschiff aufgebaut ist und wer was wo zu sagen sagen hat. Eines ist klar: Wie beim amerikanischen Präsidenten endet die Befehlskette an einem Punkt: beim Kapitän. Erst einmal aber steigen wir tief hinab.

Tief unten ist der Keller, beim Schiff heißt er Bauch. Ganz unten im Schiff, da leben die fleißigen Bienen, die chinesischen Mitarbeiter. Sie herrschen über die Wäscherei. Woher diese Tradition stammt, weiß ich nicht, leider; sie gilt aber so seit Jahrzehnten, vielleicht sogar seit Jahrhunderten. Also seit ungefähr immer. Das ist so, Punkt, Schluss, aus. Alles andere bringt Unglück.

Ganz tief unten sind auch die Kabinen für die Mitarbeiter. Winzig, winzig, sage ich euch. Trotzdem teilen sich vier, fünf, ja manchmal sogar sechs Mitarbeiter einen Raum. Das muss man mögen, ums zu mögen.

Der Bauch des Schiffes schluckt alles. Vom Maschinenraum bis hin zu den sämtlichen Vorräten. Hier befinden sich der Tiefkühlraum, das Trockenlager, die Kläranlage, der Müllraum mit penibler Mülltrennung (schon damals), und auch die Büros des *Hotel Controllers* und der *Crew-Purserin* sind hier untergebracht.

Der Hotel Controller ist eine Art Schatzwächter. Er kontrolliert einfach alles, er prüft, was ankommt, er überwacht, was rausgeht – über alles wird hier Buch geführt. Wenn oben ein Bleistift gebraucht wird, geht auf dem internen Postweg eine Anforderung nach unten, der Hotel Controller prüft, verbucht und unterschreibt. Dann geht der Bewilligungsbescheid zum Warenlager (oder zurück an die anfordernde Stelle, wenn etwas außerhalb des Schiffs gekauft werden muss), und hier erhält man dann das Gewünschte. Kein Bleistift wandert durchs Schiff ohne Verbuchung durch den Hotel Controller!

Der Crew-Purser ist zuständig für alle Mitarbeiter. Er teilt dem Personal die Kabinen zu, kontrolliert, überwacht, sorgt dafür, dass alles seine Richtigkeit hat. Crew-Purser sind so etwas wie die Mutti aller Mitarbeiter. Oder der Vati.

Zur Crew wird gezählt, wer in der Gastronomie seinem Werk nachgeht – auch die Zimmermädchen und Zimmer-Boys gehören dazu, im offiziellen Sprachgebrauch heißen sie *Kabinenstewardess* bzw. *Kabinensteward*. Sämtliche Mitarbeiter in den unteren Räumen und jeder, der in der Küche arbeitet, gehört zur Crew. Apropos Küche, das ist schon wieder ein Kleinstaat für sich.

Küchen-Crew: Küchenchef, der Sous Chef (der zweite Chef), die Kaltmamsell (zuständig für die kalte Küche), die Dessertzauberer und Bäcker, der Suppenkoch, der Obstschnitzer, Gemüseputzer, Frühstückskoch und last but not least: die Spüler. Ich glaube, jetzt hab ich sie alle.

Staff, das sind die Künstler und deren Betreuer. Auch die Reiseleitung zählt zum Staff, die Shopbetreuer, der Fotograf, die Beautymanagerin, die Friseuse.

Ganz oben, oben sowohl im wörtlichen Sinne, am höchsten Punkt des Schiffes, als auch im übertragenen Sinne: an der Spitze, ganz oben hocken dann die Offiziersränge. Der Hotelmanager gehört dazu, der Ausflugsleiter, der Kreuzfahrtleiter – alle Personen, die etwas zu sagen haben. Also anderen Befehle erteilen können, denn auf einem Schiff geht es nicht zu wie bei Anne Will oder Günther Jauch; eher wie bei »Hart aber fair«: Diskussion erfolgt ausschließlich »von oben nach unten«!

An der Spitze wird es eng – dafür ist die Macht groß. Hier befinden sich nur noch ganz wenige Auserwählte (oder Qualifizierte); sie gehören zur »Nautik«. Hier sind die Menschen versammelt, die wissen, wie man das Schiff lenkt und steuert und fährt und parkt: der Kapitän, der Sicherheitsoffizier, Zweiter und Dritter Kapitän. Zur Nautik zählen natürlich auch die Matrosen (ach! Die Matrosen!)

Das »Fußvolk« wohnt unten, im Bauch des Schiffes. Die Offiziere wohnen in der Nähe ihres Arbeitsplatzes, nahe der Brücke. Klasse Aussicht – aber schrecklich unruhig, denn so weit oben schwankt ein Schiff am stärksten, wenn der Seegang rau wird.

Und da sieht man's mal wieder: Du kannst eben nicht alles haben.

Das wär's fürs Erste. Ich hoffe, der Rundgang durchs Schiff hat Spaß gemacht. Du hast jetzt eine Vorstellung, wie es unter Deck aussieht, und ich muss so langsam wieder wach werden – die nächste Geschichte wartet darauf, erzählt zu werden. Aber momentan schlafe ich tief und fest, und ich träume ganz, ganz wirres Zeugs ...

TURNSCHUHKAUF IN REYKJAVÍK

Ich atme tief ein, diese Allee riecht so verdammt gut. Rechts und links schnurgrade gezogene, sauber getrimmte, grün protzende Hainbuchen bis zum Horizont. Alle 50 Meter ein Lebensbaum und ein paar Eiben. Wie kreisrunde Inselchen. Ein Duft wie im verlassen liegenden Waldfriedhof an einem Donnerstagnachmittag im August, wenn die Menschen an den Stränden liegen. Stillstand der Zeit, eine bleierne Eintönigkeit, in der das Zirpen der Grillen nervt wie das Ticken einer Standuhr im Wartezimmer.

Wie bin ich hierher gekommen? Ich schwitze, es ist heiß, kaum zum Aushalten. Der Weg vor mir scheint weiterzuspringen wie eine Teleskopstange: Mit jedem Schritt, den ich tue, wird er ein Stück länger, wächst Richtung Endlos. Irgendwas sagt mir, dorthin muss ich, ans Ende der Allee. Ich laufe los, da schwankt der Weg auf einmal wie die Triftbrücke überm Gadmertal bei Windstärke 8. Ein Erdbeben? Voll Panik greife ich rechts und links in die Hainbuchen. Aus den Blättern der Bäume schweben Klavierakkorde in die Allee, langsam, dunkel, moll, ein uralter Song aus den siebziger Jahren, an den ich mich hauchfein erinnere: Procol Harum und ihr »Salty dog«, und nun hebt er an, der Sänger, mit Melancholie: »All hands on decks ...«

Hier stimmt was nicht, denke ich, immer noch kralle ich mich in die Hecke. Das sind doch überhaupt nicht Procol Harum, die da singen ...

* * *

»All hands on decks!«

... und werde wach. Schieße hoch in meiner Koje, die Finger festgekrallt im Laken, Gänsehaut am schweißgebadeten Körper. Habe ich das alles nur geträumt? Die Allee, das Erdbeben, das Klavier?

Doch da schallt es schon wieder über den Crew-Gang vor meiner Kabine. »May I have your attention, please? All hands on deck!« Mir läuft es eiskalt herunter, das ist die erotischste Männerstimme, die ich je gehört habe, sonor und beruhigend wie ein 20 Jahre alter Whiskey, betörend wie eine männliche Sirene aus Odysseus Heldensagen und noch dazu echt! Dies ist kein Traum, Heidi! Dies ist keine Übung!

(Dass das Gesicht zu dieser außergewöhnlichen Stimme nicht ganz so spektakulär war mit seinen stechenden Augen, hat dem ersten Eindruck keinen Zacken genommen.)

In fliegender Eile werfe ich ein paar Kleidungsstücke über, stürme enge Treppen hinauf, knalle gegen Bordwände, rumpele, oben angekommen, Lisa in die Arme, hole tief Luft, und ein und aus und ein und ... keuche meine Fragen heraus, so wie Fallschirmspringer aus dem Transporter herauspurzeln: los, los, los!

»S'waspassiert, Lisa? Binch zu spät? Wo muss ich hin, allhandsondeck, Mensch, Lisa, hilf mir doch! Sag was, brennt es irgendwo, gibt's Feuer?«

Große Pause.

Lisa stand aufrecht da in ihrer adretten Uniform. Ein Bild von einer kompetenten Ansprechpartnerin, Verkehrslenkerin, Ruhepol, das Auge im Sturm, Löwenbändigerin mit einem liebevollen Lächeln um die Lippen statt einer Peitsche im Gürtel.

»Heidi!« Lisa legte eine Hand auf meine Schulter, mit ihrer anderen Hand drückte sie ihr Klemmbrett an die Brust. »Heidi! Was ist denn mit dir passiert? Schlafwandelst du? Träumst du noch?«

Ich richtete mich auf, langsam beruhigten sich Puls und Atmung. Um mich herum normale Geschäftigkeit. Nirgendwo Anzeichen von Panik, keine unendliche Allee, keine Feuerwesten, keine Sirene. »Ja, aber ...«

Ich habe später nie mit Lisa über diesen Morgen an Bord gesprochen. Aber noch heute überfällt mich Scham, wenn ich an diesen Moment zurückdenke: Wie wird sie mich erlebt, was wird sie wahrgenommen haben?

Auf der einen Seite ich, die Reiseleiterin (ha, ha!). Ich, die Katastrophenbefürchterin. Ich, die Anfängerin und zugleich die Mundvollnehmerin, die stets unbekümmerte und oft genug Unbedachte.

Auf der anderen Seite Lisa. Lisa, die Erfahrene, die – ach! Lies einfach noch mal ein paar Zeilen zurück. Was wird ihr damals durch den Kopf geschossen sein, als sie mich gleich einem blonden Rumpelstilzchen heranstürmen sah? Spielte sie mit dem Gedanken, mich im nächsten Hafen auszusetzen? Ich weiß es nicht, damals nicht und heute auch nicht. Bangen Herzens sah ich zu ihr auf.

Lisa legte ein spitzbübisches Lachen hin, das sich rasch zu einem schallenden Lachen auswuchs.

»Das war unser Sicherheitsoffizier«, sagte sie, noch immer lag ihre Hand an meiner Schulter. »Daran wirst du dich gewöhnen müssen, Heidi. Kurz vor Ankunft in einem Hafen gibt der Sicherheitsoffizier Signal, dass die Matrosen an ihre Plätze gehen: ‚All hands on decks!‘«

Aha.

Es ist mir noch nie schwergefallen, über mich selbst zu lachen, und so standen wir beide mitten in der Lobby und prusteten los wie zwei Teenager, die soeben entdeckt haben, wie peinlich Jungs sein können. Nach so viel Aufregung war erst einmal frühstücken angesagt – wir gingen in die Futterkrippe. So nennen wir den Raum, in dem all diejenigen der Mannschaft verköstigt werden, die nicht zur Offiziersriege zählen.

Großes Hallo, als ich meine Geschichte erzählte. »Ja, ja unsere Heidi, der kleine Sonnenschein, mit der wird uns nie langweilig.« Da hatte ich wieder einmal, wenn auch unbeabsichtigt und auf eigene Kosten, für Stimmung und gute Laune gesorgt.

Aber ich war ja hier, um zu arbeiten, nicht um als Spaßkanone Granaten abzufeuern für die Besatzung. Also schnell gefrühstückt (mit Betonung auf »schnell«), denn wir liefen gerade in Reykjavík ein. Wir waren in Reykjavík, Island. Mein Gott, Reykjavík, der allererste Hafen meines Lebens!

Island ist ein Rätsel. Land der Elfen und Trolle und Geysire – zugleich aber eine Art Mallorca fürs New Yorker Partyvolk, das Wochenende für Wochenende in Reykjavík einfällt. Es ist das Land mit einer offiziellen Elfenbeauftragten, die darauf achtet, dass keine Straße durch Elfenwohnungen und Trollgebiet gebaut wird. Das Land, das meine Trimm-dich-Kurse und Fitnessübungen retten sollte, denn hier sollte ich mal rasch ein Paar Turnschuhe kaufen.

Erst das Vieh, dann der Bauer – will sagen: Es gab Wichtigeres als die Erfüllung persönlicher Wünsche. Erst einmal waren die Gäste dran mit ihrem Landausflug. Ich durfte an der Gangway stehen und aufpassen, dass jeder Passagier seine Bordkarte durch den Computer zog. So wissen wir, wer das Schiff verlässt – und wir wissen, ob alle wieder an Bord sind nach der Rückkehr.

Nachdem alle Gäste die Gangway hinunter waren, kam Stephanie zu mir: »Und nun, Mädel: Turnschuhe kaufen! Auf geht's!«

Diese Momente, wenn wir ganz allein sind. Wenn wir in kleiner Besetzung durch die Städte streifen. Wenn wir unsere Freundschaften festigen und uns Freud und Leid erzählen können. Wenn Schiff und Gäste weit, weit weg scheinen, wenn für den Moment niemand etwas von uns haben will, niemand etwas fragt, etwas erzählt, besser weiß, uns herumschubst, quält, erfreut, ermuntert und erheitert – kurz, wenn niemand uns fordert oder einfach nur in Anspruch nimmt, wozu wir da sind: nur für dich, lieber Gast, und rund um die Uhr. Das sind die Goldtaler des Jobs, die Sternschnuppen, die auf uns herunterregnen. Wenn wir die Welt aufnehmen können, so wie Stephanie und ich jetzt Reykjavík kennenlernen wollten.

Ich glaube, Stephanie hat sich mehr noch als ich mich gefreut, von Bord zu kommen und mal keinen Ausflug zu begleiten. Sie war nicht das erste Mal in Reykjavík, kannte sich dementsprechend super aus und wusste genau, wohin wir sollten.

Ich brauchte nicht lange; in Sachen Mode & Textilien bin ich nicht so wahnsinnig wählerisch. *Praktisch vor schick*, heißt meine Devise, besonders, wenn es um die lebensnahen Dinge geht. Ein paar rote Treter waren rasch erstanden, einziger Wermutstropfen: Die Schuhe waren teuer. Verdammt teuer.

Wir haben noch einen leckeren Kaffee getrunken und sind dann zurück an Bord, gerade rechtzeitig, bevor alle Passagiere zurück von ihrem Ausflug kamen, hungrig und mit leuchtenden Augen. Island ist ein traumhaft schönes Land, wenn man weiß, worauf man achten muss.

Und wieder hieß es »Leinen los«, das Schiff nahm Kurs Richtung Nordkap. Für uns bedeutete das einen halben Seetag.

Jedes Crew-Mitglied liebt die Seetage, denn da hat man Mittagspause bis zum Kaffeetrinken. Nach Kaffee und Kuchen durfte ich zum ersten Mal miterleben, wie man Bingo spielt. Ehrlich: Bingo ist nicht mein Spiel, ich kann die Spannung nicht spüren, die sich bei den Fans einstellt, wenn sie fiebern, ob die nächste gezogene Zahl auf ihrer Karte steht. Aber das gehört zur Reiseleitung dazu – was muss, das muss.

Der Abend klang aus mit *Socializing*, was nichts anderes heißt als Spaziergang an Deck, Smalltalk mit den Gästen. Socializing war schon wieder eher mein Ding, ganz was anderes als dieses passive Bingo. Aber davon später einmal mehr.

KINDERTRÄUME 2

Küchengespräche

»Mama, warum hat ein Feuerwehrmann immer dasselbe an?«

»Das nennt man Uniform, Heidi.«

»Warum heißt das Uniform?«

»Damit man ihn immer erkennt, wenn es brennt, mein Schatz.«

»Aber dem Feuer ist es doch egal, ob er eine Uniform hat, Mama!«

»Dem Feuer schon, Heidi. Aber den Menschen nicht. So kann man immer sehen, wenn jemand wichtig ist. Der Polizist, der Arzt und der Feuerwehrmann.«

»Dann werde ich Feuerwehrfrau. Dann bin ich wichtig.«

»Kind, sei vernünftig. Du bist zu klein, und krank bist du auch.«

»Aber ich will!«

»Heidi, die brauchen keine kleinen kranken Mädchen.«

»Und wenn ich groß bin?«

»Du wirst niemals groß werden, Kind.«

»Aber wenn ich erwachsen bin ...«

»... dann kannst du froh sein, wenn du einen Mann findest, der dir hilft, wenn deine Mama mal nicht mehr da ist. Feuerwehrfrau wirst du nicht.«

»Dann heirate ich eben einen Feuerwehrmann, und dann ziehe ich seine Uniform an. Dann bin ich auch wichtig.«

SO SIEHT EINE KABINE AUS

Falls du gerade unterwegs bist auf einem Kreuzfahrtschiff: Hast du dich auf deine Reise vorbereitet? Hast du vorher drei Wochen gefastet, weil du während deiner sieben, zehn oder vierzehn Tage an Bord keinesfalls Kalorien zählen möchtest? Hast du dir vor der Reise Bilder im Internet angeschaut und deine Kabine begutachtet?

Als ich meine Karriere als Reiseleiterin begann, Ende des vergangenen Jahrhunderts, galt das Prinzip »Vertrauen«. Wer eine Reise buchte, verließ sich auf die Beschreibungen in den Katalogen und auf die Kenntnis der Damen im Reisebüro.

Warst du dann erst einmal an Bord, erwartete dich ein kleiner bis mittelgroßer Schock. Die »gemütliche, funktionale Kabine« war winzig bis beklemmend. Mehr Platz kostete deutlich mehr Geld, es sei denn, du warst so raffiniert wie die vier Damen, von denen ich dir später erzählen will (siehe Kapitel »So tricksen Passagiere«). Aber zurück zu den Kabinen.

Im Grundsatz hat sich nichts geändert. Der Platz auf einem Kreuzfahrtschiff ist begrenzt, und die Planer müssen pfiffig jonglieren, was sie den Gästen in welchem Umfang anbieten wollen. Das Casino ist wichtiger als die Kegelbahn, Restaurants gelten als Hotspots, mindestens ein Hauch von Titanic muss die Passagiere umarmen, ein riesiges Atrium ragt über mehrere Etagen, überall Glamour, Luxus, Glanz – Ladys 'n' Gentlemen, Sie betreten eine andere Welt!

Wer verschwenderisch plant, braucht Einsparmöglichkeiten. Willkommen in der Welt der »funktionalen, gemütlichen Kabinen«!

Die Kabine ist schlauchförmig – im Standardformat länger als breit. Wenn es sich um eine große Kabine handelt, ist sie folgendermaßen aufgebaut: Gleich hinter der Tür (vorsichtig öffnen!) ist der Schrank in die Wand eingebaut. Neben dem Schrank stehen ein Tisch und ein kleines Sofa, dann gleich auf der anderen Seite kommt das Bett. Gegenüber der Tür ist das Bullauge, das Fenster deiner Kabine. Warum es »Auge« heißt? Keine Ahnung, aber nicht immer lässt sich so ein Bullauge von innen öffnen.

Wenn du duschen willst, gehst du nicht ins Bad, sondern ins Gefängnis ... nein, Entschuldigung: Du gehst in die Zelle, in die Nasszelle. Ich will es mal vorsichtig und wohlwollend ausdrücken: Schiffsbauer wissen, wie man aus dem begrenzten Platz auf einem Schiff ausreichend Raum gewinnt. Diese Fähigkeit kannst du bei der Nasszelle bewundern. Du sitzt auf der Toilette und könntest gleichzeitig den Kopf übers Waschbecken hängen, um die Zähne zu putzen oder die Haare zu waschen.

Die Toilette funktioniert als Vakuumsystem. Da wird nicht gespült, hier wird gesaugt! Jetzt versetzt euch bitte einmal für einen Moment in die Zeit vor der Jahrtausendwende. Ein paar wenige Menschen ahnten schon die Abfallkatastrophe, die uns heutzutage beschäftigt, die breite Mehrheit aber warf den Müll bedenkenlos hinter sich. »Nach mir die Sintflut!« lautete das Motto, und so landete viel Abfall (sehr viel Abfall) im Meer. Auch die Hinterlassenschaft aus der individuellen Stoffwechselproduktion wurde auf hoher See verklappt. Bis dann allmählich ein Umdenken einsetzte und geschlossene Systeme entwickelt wurden. Aber immer noch durfte auf hoher See ... na ja, ihr wisst schon.

1998, dem Jahr meiner persönlichen Jungfernfahrt, waren Vakuumsysteme noch nicht so weit verbreitet; Klein-Heidi jedenfalls kannte sie noch nicht. Im ICE nach Kiel hätte ich sie vielleicht nutzen können, aber da war ich viel zu aufgeregt, um auf Toilette zu gehen. Na ja, auf jeden Fall dachte ich, ich hätte ein Loch in den Schiffsrumpf gerissen, als mich zum ersten Mal das heftig schmatzende, schmurgelnde Absauggeräusch der Vakuumpumpe überfiel. Panik, Panik! Aber das nachlaufende Wasser war glasklar, es kam also aus einem Frischwassertank und nicht aus dem Meer. Uff, noch mal gutgegangen! Hände waschen nicht vergessen, Heidi, oder am besten mal die Dusche testen.

Die Dusche ist so schmal, dass ich keine Ahnung habe, wie einer von den Wildecker Herzbuben ... aber lassen wir das. Platz ist in der kleinsten Hütte, und die Schiffsbauer werden wohl wissen, was sie tun. Endlich mal etwas, wo ich aus meiner Größe einen Vorteil ziehen konnte!

Und überhaupt: Was ich euch bisher beschrieben habe, gehört in die Kategorie »groß«. Als Reiseleiterin war ich so privilegiert, dass mir allein so eine Kabine für die Dauer der Reise gehörte!

Mir. Ganz. Allein!

Wenn man bedenkt, dass es weiter unten im Bauch Kabinen gibt, in denen vier, fünf, ja sogar sechs Crew-Mitglieder untergebracht sind ... Da lebst du dann wirklich in beengten, prekären Verhältnissen.

UND SO TRICKSEN PASSAGIERE

Auch wenn die Pötte der Ozeane riesig aussehen: Der zur Verfügung stehende Platz auf den Kreuzfahrtschiffen ist ökonomisch und knallhart durchkalkuliert! Jeder Zentimeter wird hinterfragt: »Brauchen wir den, oder fehlt er uns an anderer Stelle?«, heißt es bei der Planung. Nützlichkeit und Ökonomie gehen vor Großzügigkeit. Das größte Sparpotenzial bieten die Kabinen. Das wissen auch die Passagiere und buchen »normalgroß«, weil sie sich sagen: »Die zehn Tage auf See kann ich auch beengt schlafen.« Es gibt aber auch Passagiere, die gar nicht vorhaben, klein zu schlafen, obwohl sie klein gebucht haben.

Da waren zum Beispiel unsere vier Grazien, Stammgäste alle vier: Frau Strumpfhose, Madame Rauscherock, Lady Naserümpf, und Donna Primatonna. Immer traten sie im Quartett auf, und Fahrt für Fahrt spulten sie ihr Erscheinen an Bord wie ein Ritual ab.

Die vier Damen fuhren ausschließlich zu Jahresbeginn, und stets buchten sie die preiswerteste 4er Innenkabine, seit Jahren schon. Küsschen hier und Küsschen dort, sobald sie an Bord gelangt waren, sie zeigten sich von ihrer schokoladigsten Seite, schleuderten Komplimente unters niedere Volk (»Nein, wie hübsch das Schiff, wie hübsch der Salon, wie hübsch der Purser ...«) und brachten ein Stück zur Aufführung, dessen dramatischen Höhepunkt wir auf die Minute genau hätten vorhersagen können: nach dem ersten Frühstück nach der ersten Nacht.

Das Quartett war gemeinsam angereist, noch war es ein Herz und eine Seele. Küsschen hier, Küsschen ... aber das habe ich ja schon geschildert. Die Damen enterten ihre 4er Innenkabine, zogen die Abendgarderobe aus den kleinen Köfferchen; die großen, die ernsthaften Koffer standen in Reih und Glied entlang der Schränke. Ungeöffnet.

Anschließend schob sich das Quartett zum üblichen Pflichtprogramm in den großen Salon: Rettungsübung, Vorstellung der Mannschaft, Käpt'ns Dinner ... Abendunterhaltung, das unser Damenquartett in heiterster, ja frivoler Laune und Stimmung sah. Tanzen mit jedem Mann, anstoßen mit jedem Steward, lachen, dass die Gläser in den Vitrinen schepperten – alles schien zum besten.

Es kam die Schlafenszeit, und es kam der nächste Morgen.

Über den Flur des Quartetts drangen Stimmen, so laut, dass die Fische die Köpfe aus dem Wasser reckten und nachschauten. Ganz offensichtlich ein Streit. Nach und nach purzelte ein Koffer aus der Kabine, dann folgte die Besitzerin. Eine nach der anderen erschienen sie am zugewiesenen Frühstückstisch und sprachen kein Wort miteinander. Aber das hielt nicht lange vor.

»Reich mir mal die Butter!« – »?« – »Kannst du mir mal die Butter reichen, Lady Naserümpf?« – »Bist du sicher, dass du dich mit fetter Butter umbringen willst?« Da kam Stimmung in die Bude.

Wir steckten in einer misslichen Situation. Streitende Gäste, zickende Gäste konnten die Stimmung an Bord leicht zum Kippen bringen. Wir mussten einschreiten. Es schritt ein Big Daddy, unser Hotelmanager. Ob die Damen einen Grund zur Klage hätten, fragte er sie und wusste doch nur zu genau, was sie im Schilde führten.

Donna Primatonna schnarcht, sagte Madame Rauscherock. Lady Naserümpf braucht zu viel Platz, sagte Frau Strumpfhose. Madame Rauscherock ertrug das Parfum von Frau Strumpfhose nicht, und Donna Primatonna beschwerte sich über üble Flatulenzen nicht näher zu bestimmenden Ursprungs.

Big Daddy wiegte den Kopf, Verständnis andeutend, und sicherte Abhilfe zu. Und so kam es, dass im Laufe des Vormittags die vier Grazien umzogen: jede in eine Einzelkabine. Ganz ohne Aufpreis.

Frieden ist meist wichtiger als Recht haben.

Nachtrag

Wir sind uns des öfteren begegnet, die vier Damen und ich, einmal sogar auf einer Weltreise, bei der wir mit jedem Tag in immer wärmere Gefilde kamen. Karibik, Südamerika, Asien.

Auch wenn an Deck der stete Wind die Temperaturen erträglich machte, wurde jedem angeraten, viel Wasser zu trinken als Mittel gegen die zunehmende Hitze. Um Geld zu sparen, bediente sich unser Quartett an den Wasserspendern für die Crew; die waren zwar gut versteckt hinter den Türen zum Mannschaftsbereich, aber was spielte das schon für eine Rolle, wenn man die Goldmedaille im Erschleichen von Leistungen erringen wollte? Hauptsache, der Gast ist zufrieden. Dann drückt man als Gastgeber auch schon mal ein Auge zu, wenn beim Frühstück belegte Brote in der Handtasche verschwinden, das Buffet als Proviantstation für den Ganztagesausflug missbraucht oder Obst in rauen Mengen in den Kabinen gebunkert wird.

In dieser Hinsicht war das Quartett allerdings bei weitem kein Einzelfall.

KINDERTRAUM EINER ERWACHSENEN

Gespräch an der Reling

»Wie machst du das eigentlich, Steph?«

»Einen Schritt vor den anderen, Heidi. Einatmen und ausatmen. Warum? Wie machst du es denn?«

»Weißt du doch: Ich humpele.«

»Bist ganz schön weit damit gekommen.«

»Ich will nicht weit kommen – ich will irgendwie zur Ruhe kommen.«

»Oh, Gott, Heidi! Das Thema?!«

»Mhm! Das Thema!«

»Du bist überhaupt nicht für Ehe gemacht, Heidi. Das weißt du selbst. Viel zu hibbelig.«

»Wer spricht denn von Ehe? Aber danke für den Zuspruch.«

»Im Ernst, Heidi! Du mit einem Mann länger als drei Tage in einem Zimmer? Das geht nur mit Schlaganfall auf der Intensivstation, gefesselt ans Bett, wenn dein Pfleger dich rund um die Uhr betreut und du hilflos bist. Alles andere funktioniert nicht. Du bist kein Typ für MannHausKinder.«

»Weiß ich doch. Aber trotzdem. Wär doch toll, wenn jemand auf einen zu Hause wartet.«

»Du meinst, ›Heidi on tour‹ und der Mann in Schürzchen am Herd?«

»Ach ja, keine Ahnung ... vielleicht, wenn er nicht immer da wäre?«

»Dann suchst du dir am besten einen Strafgefangenen. Oder einen Polarforscher. Die sind eigentlich nie daheim.«

»Immer eine Wohltat, mit dir zu sprechen, Steph! Du bist so aufbauend.«

»Gern geschehen, Schätzchen. Oh, Mist, da kommt der Käptn! Der soll nicht glauben, wir faulenzen. Lass uns lieber gehen. Was hältst du von einem Schluck an der Bar?«

MÄNNERWUNSCH

Jetzt kommt ein kurzes Kapitelchen »Jammern«. Es hilft nichts, da musst du durch. Wenn es dir unangenehm ist, wenn es dich langweilt, blättere bitte um, du erfährst hier nicht wirklich Neues – nur eine Erklärung, welches Männerbild mir vor Augen schwebte. Und dazu muss ich dann mal wieder die Astrologie als Kronzeugen aufrufen.

Wenn du einmal erfahren möchtest, welches Partnerbild in dir schlummert, wirf einen Blick in dein Horoskop. Als Frau schaust du nach der Position von Mars, als Mann schaust du, wo Planet Venus steht. Mein Mars, ich habe es dir eingangs erzählt, steht im Zeichen Widder, ganz nah bei der Sonne. In Konjunktion, wie das heißt.

»Energie und Kraft im Kombipack«, könnte man sagen. Oder auch »leicht entflammbar«, schnell auf hundertachtzig, durchsetzungsstark, dominantes Auftreten, um mal ein paar Aspekte zu nennen. Zu viel Dosis aber macht das Gift. Ein Zuviel an Dominanz kann sich in Rücksichtslosigkeit kehren, in Impulsivität, in Streitsucht. Gott sei Dank, habe ich die Schattenseiten dieses astrologischen Aspekts gut im Griff. Ich explodiere nur selten, dann aber richtig, das darfst du mir glauben.

Kein Mensch will einen Streithansel als Partner. Was ich suchte, was mir mein Widder-Mars nahelegte und empfahl, war ein selbstbewusster Mann. Ein offenherziger, ein mutiger

Mann. Einer, der führt. Ein Kapitän. Nur war mir das in jungen Jahren natürlich nicht bewusst.

Anfangs dachte ich nur an einen, der nicht ständig zu Hause ist – ich wollte um nichts auf der Welt meine Freiheit aufgeben. Ich wollte nie einen Mann, der morgens aus dem Haus geht und abends sein Essen verlangt. In meinem Kopf war das immer mit der Vollendung von Langeweile verbunden, von Fesselung und verschwendetem Leben. Kinder, Küche, Kirche war nie mein Ding. Ich wollte einen Mann, der was hermacht.

Und es gab dieses vage Bild von einer Uniform. Aber kein Feuerwehrmann, kein Polizist (schließlich hatte ich viel zu viel kriminelle Energie), kein Arzt. Ich fand Piloten toll, an Kapitäne hatte ich noch keinen Gedanken verschwendet. Ich wollte einen Helden, einen Abenteurer, einen echten Mann.

Ziemlich hochfliegende Träume, sagst du? Du hast ja keine Ahnung, wie hochfliegend! Dem Wunsch nach einem Mann, der was hermacht, stand mein so zerbrechliches Selbstbewusstsein im Weg. »Du bist nicht hübsch genug für einen Mann«, hatte es sich in meinem Kopf eingenistet. »Schon gar nicht für einen mit Uniform. Schau sie dir doch an, all die Piloten und Kapitäne: immer nur in Begleitung von großen, langbeinigen Blondinen. Und dann betrachte dich selbst!«

Als ich am ersten Abend den Auftritt all der »Streifenhörnchen« auf der Bühne sah, war ich elektrisiert, Gänsehaut am ganzen Körper. Und ich glaube, da hat sich der Wunsch herauskristallisiert, wurde konkreter, fand sein Ziel. »Mensch, Heidi, ein Kapitän das wäre wirklich toll!«

Erzählt habe ich zunächst niemandem davon, zu groß war die Angst, ausgelacht zu werden. Nur Freund Wurzelsepp, mein männerliebender Markus, der kannte mein Geheimnis. Aber Wurzelsepp kam erst später an Bord (siehe Kapitel »Die Neuen kommen«). Und weil wir so gut befreundet waren, durfte er mich auch straflos aufziehen, wenn ich wieder mal eine Affäre hatte mit einem »normalen« Mann.

EIN VERSPRECHEN

Furchtbar, mit welchem Tempo mein Tag an Bord verging! Auf diesem Schiff passierte in einer Stunde mehr, als normalerweise in eine Stunde hineinpasst!

Kaum angekommen in meiner Kabine, hieß es: »Zurück zur Kaffeestunde in der *Show-Lounge*!« Laut Tagesprogramm war *Plausch zum Kaffee mit Ihrer Reiseleitung* angesagt. Und das Tagesprogramm ist die Bibel, ist Gesetz! Die Bibel für die Gäste, die Bibel für die Reiseleiter, die Bibel für die gesamte Besatzung. Hier steht alles drin, was so los ist an Bord. Jede Aktion, sämtliche Shows. Ikebana, Lesestunde, Yoga, Tanztee, Theater, Konzert und, das Wichtigste: wann und wo es Essen gibt (unterschieden in zwei Frühstückstermine, Mittagessen, Kaffee und Kuchen, Abendessen, Mitternachtssnack)! Doch ehe ich so richtig durch war mit der Lektüre der Bibel, pardon: dem Tagesprogramm und dem *Plausch zum Kaffee mit Ihrer Reiseleitung*, war der Abend herangetreten. Und auf dem Programm stand mein erster offizieller Einsatz: Kapitänsempfang!

Der Kapitän ist Kanzler, Chef und Gott in Personalunion. Bei ihm laufen die Fäden zusammen, er allein entscheidet im Zweifelsfall, ihm »gehört« das Schiff. Das Schiff ist sein Reich, er ist der König. Was er (und in der Regel ist der Kapitän auch männlich, Carola Rackete darf als absolute Ausnahme gelten), was er also sagt, ist mehr als Gesetz. Jeder an Bord weiß das, der Tellerwäscher unter Deck genauso wie der Millionär in der

Luxussuite. Und jeder respektiert das. Wenn nicht, dann Meuterei! Und dann wirst du an den höchsten Rahen aufgeknüpft oder, wenn du Glück hast, kielgeholt.

Noch mit zwei Meter Abstand nimmst du seine Aura wahr, wittert dein Näschen die Macht, die von ihm ausgeht. Und wenn du etwas weiter weg stehst, kannst du sie beobachten: die Anwanzer und die Duckmäuser; du entdeckst die, die sich anbiedern, und die, die sich nur in seinem Glanze sonnen wollen.

Kennst du die Anekdote von Elton Johns Geburtstag? Elton John ist dir ein Begriff, oder? Elton John: Mehr als 350 Millionen verkaufte Platten. Von der Queen geadelt, Sir Elton John. Ein Pop-Gott. Drüber geht nichts mehr. Höchstens noch ... aber lies erst einmal die Anekdote in Elton Johns eigenen Worten (nachzuhören auf YouTube):

»Ich erzähle dir eine Geschichte. Als ich heiratete, 2005, haben wir Kate eingeladen; wir wussten nicht, ob sie wirklich kommen würde. Aber sie kam, zusammen mit ihrem Ehemann Dany.« An der Stelle macht Sir Elton eine Pause, dann fährt er fort, als ob er es immer noch nicht glauben mag: »Da waren eine Menge wirklich sehr berühmter Leute im Raum. 600 Gäste. Und alle, jeder Einzelne wollte mit Kate Bush sprechen.«

Der Kapitän eines Schiffes ist nicht Sir Elton John. Er ist Kate Bush.

Zurück zum Kapitänsempfang.

Zukunft wird heute geschmiedet

Da stand er, der Käpt'n. Jeder Gast wurde ihm vorgestellt – von der Chef-Reiseleiterin. Wir anderen waren nur schmückendes Beiwerk. Und trotzdem: Zum ersten Mal in meinem Leben stand ich neben einem leibhaftigen Kapitän. Kurz vor der Schnappatmung! Doch bevor ich mich wieder halbwegs sortiert hatte, war die Vorstellungsrunde vorüber, waren die Gäste an ihren Platz geführt worden. Als alle Gäste saßen, enterte der Kapitän unter der Einmarschmusik die Bühne und stellte seine Offiziere vor. Was für ein Anblick – lauter »Streifenhörnchen«! 270 Besatzungsmitglieder aus 21 Nationen, eine die Welt umspannende Gemeinschaft. Meine »Familie«!

Das war der Höhepunkt des ersten Tages, und langsam ließ meine Anspannung nach. War doch alles gar nicht so schlimm, Heidi, sagte ich mir, das stehst du schon durch.

Und während ich an dem Tisch der Reiseleiter auf meinen Platz glitt, nahm ein Plan Gestalt an, und ich gab mir ein Versprechen: »Heidi«, hörte ich meine innere Stimme flüstern, »Heidi, du hörst erst dann auf mit der Reiseleitung, du gehst erst dann von Bord, wenn ...«

Und das willst du jetzt gerne wissen, welches Versprechen ich mir gegeben habe an diesem Abend, nicht wahr? Was wird sich Heidi, deine Reiseleiterin, von der du mittlerweile schon einiges weißt, was wird sie sich versprochen haben inmitten der glitzernden Abendgala mit all den festlich gekleideten Menschen, den schmucken Uniformen, dem verheißungsvollen leisen Rumpeln der Schiffsmotoren und dem silbrigen Klimpern der Ohrringe und Halsketten, der Aussicht auf ein Abenteuer?

Ich sag's dir gleich, aber erst musst du mich nochmal in meine Kabine begleiten, wohin ich mich am Ende des Abends begab. Erschöpft, aber glücklich. Todmüde, aber erwartungsvoll. Ausgelaugt, aber voller Bilder. Und erfüllt von einem Versprechen.

Ich lag im Bett und vibrierte vor nachlassender Spannung. Ich, die kleine Heidi, gehörte ab sofort dazu. War Teil des Glamours, wurde angeschaut, stand im Rampenlicht, hatte Bedeutung, ich war wer. Ich hätte glücklich sein sollen und zufrieden. Aber was war? Ich schob Panik. Panik, dass sich das alles in Luft auflösen könnte, aus und vorbei. Das durfte auf keinen Fall geschehen, und so nahm ich mir vor: »Das wird niemals enden!«

Widder sind selten gute Strategen; wir sind die Haudrauf und müssen alles sofort und gleich erledigt wissen. Wenn jemand sagt, »geht nicht«, antwortet der Widder: »Platz da, ich mach das!« Mein »niemals« kam einem »geht nicht« verdächtig nahe – wenn auch mit umgekehrten Vorzeichen. Und so baute ich eine Ausnahmeregel in mein Versprechen. Eine Regel, die in dem Blitz geboren worden war, der mich angesichts des Kapitäns durchfahren hatte. War nicht so ein Kapitän genau das, was zu mir passen würde? Einer, den man lieben muss – der aber nicht ständig um einen herumschwirrt und zu Hause nicht stört, nicht nervt, weil er doch permanent auf Reise ist? Einer, der selbst die Hummeln im Gesäß hat?

In dieser Nacht, am frühen Morgen des zweiten Tag meines neuen Lebens als Reiseleiterin hatte ich bereits das nächste Ziel ins Auge gefasst, ein utopisches Vorhaben, etwas Tollkühnes. Ich schmiedete einen Plan, der in deinen Ohren absurd klingen mag und berechnend, nach Kalkül duftend und nach kaltschnäuzigem Nutzendenken – der aber genau meiner Kragenweite entsprach. Das Versprechen, das ich mir gab, die Mission, auf der ich mich von diesem Abend an befand, lautete:

»Heidi, du gehst erst dann von Bord und wieder an Land, wenn du einen Kapitän gefunden hast, der das Leben mit dir teilen wird.«

Und mit diesem frommen Wunsch im Herzen schlief ich endlich, endlich ein.

GLÜHWEIN IM POLARSOMMER

Die Tage auf See sind für die Crew Erholung pur, wir lieben diese Strecken, denn wenn es nichts zu erzählen gibt, können wir uns über Mittag ein bisschen verdrücken. Können an der Reling stehen und verträumt aus der Wäsche schauen, können uns rar machen, können ein Mittagsschläfchen halten. Und das haben wir nötig, das kann ich dir sagen.

In der Regel stehen wir siebzehn von vierundzwanzig Stunden parat. Geben Auskunft, weisen die Wege durchs Schiff. Wir beantworten Fragen, bei denen manchmal an der Zurechnungsfähigkeit des Fragenden gezweifelt werden muss, wir unterhalten die Gäste, spielen mit ihnen Bingo, Scrabble, Shuffleboard, treiben Sport, führen Smalltalk, geben dem Passagier Recht und geben ihm noch einmal Recht. Und widersprechen nicht. Und sind freundlich und stets fröhlich und sympathisch. Und lächeln selbst dann noch, wenn die Nachricht kommt, dass gerade das Haus mit unserer Wohnung, in der wir an Land wohnen, abgebrannt ist. Unter allen Umständen ist der Kunde, ist der Passagier König, ist sein Wort Gesetz. Ich sage dir, das schlaucht. Und deswegen, damit die Batterien wieder frisch betankt werden und wir tun können, wofür wir an Bord sind, nutzen die meisten von uns die ruhige Mittagszeit für ein Schlümmerchen in der Kabine. (Dass die Mittagsruhe auch für anderes genutzt wurde als für eine Siesta, davon erzähle ich dir im Kapitel »Liebe zwischen Gast und Crew«.)

Ich fühlte mich, als wenn ich schon zehn Jahre hier auf der *MS Lady* arbeiten würde. Die Anstrengung, die Belastung war zwar enorm – aber der Spaß ebenfalls. Es war eine Win-Win-Geschichte.

Der heutige Tag hatte mal wieder mit Frühsport begonnen: »Hallo-Wach-Gymnastik – fit in den Tag mit Heidi.« Jeden Tag wuchs meine Gruppe um ein paar Passagiere, die sich dem sportlichen Gruß an die Sonne anschlossen. Wenn es das Wetter zuließ, turnten wir auf dem Sonnendeck.

Ich hatte meine diebische Freude daran, die Gäste zu triezen, und gar nicht so wenige haben mir eine sadistische Veranlagung nachgesagt. Aber das war eher freundschaftlich gemeint, meine Gäste liebten den Frühsport. Und wer sich beschwerte, wer stöhnte, wer keuchte, erhielt von mir einen dezenten Hinweis auf das metabolische Syndrom und die Risiken von Herz-Kreislauf-Zwischenfällen, die durch zwei Dinge hervorgerufen würden: mangelnde Bewegung und zu viel Essen. Denn mit das Wichtigste an Bord ist bekanntlich die Völlerei. Apropos Völlerei: Dem Essen widme ich natürlich ein eigenes Kapitel.

Physio und Freiluft

Als Übungsleiterin besaß ich genügend Erfahrung mit Körperquälerei. Niemand auf dem ganzen Schiff hatte mehr Krankengymnastik hinter sich als ich. Und wenn du »Krankengymnastik« in das zeitgemäßere Wort »Physiotherapie« übersetzt, klingt das Ganze schon viel effektiver. Aber egal, wie du es nennst: Die Übungen, die ich aus meiner persönlichen Therapie kannte, ließ ich jetzt von den Gästen ausführen. Da floss der Schweiß über die Körper wie der Rhein in Schaffhausen über die Felsen. Doch die ausgeschwitzten Mineralien wurden sofort im Anschluss wieder eingebunkert: in der Lido-Bar.

Für die Passagiere war die Sache klar: In der Lido-Bar startete der Tag, begann das Leben an Bord. Die Lido-Bar war Epizentrum und Startrampe in den Urlaubstag. Klatschbörse für die neuesten Nachrichten und Versuchung Nummer 1 in unserem schwimmenden Schlaraffenland. Nichts, was es hier nicht gab. Weißbrot, Vollkornbrot, Graubrot, Toast, Brezn und Laugengebäck. Saftige Kuchen und süße Teilchen, gebacken in niedlichem, mundgerechtem Format. Berge von Käse, appetitlich gewürfelt, in Scheiben gefächert. Stets gefüllte Platten mit Käse aus aller Welt, mit Wurst, mit Schinken, mit feinsten Fischhappen und deftig und essigsauer eingelegten Gemüsen; Joghurt hier und Obst dort, Müsli und Power- bzw. Superfood (was man damals noch nicht so nannte; trotzdem aber gab es auch schon Ende des 20. Jahrhunderts im lukullischen Universum der *MS Lady* solch exotische Leckereien wie Goij-Früchte), eine Eier-Station, an der eine Kollegin aus der Küche alle nur denkbaren Variationen buk und briet und kochte und rührte: *Spiegelei* mit oder ohne Pilze, Lachs, Shrimps, Lauchzwiebeln und Speck; *Omelette* mit oder ohne Pilze, Lachs, Shrimps, Lauchzwiebeln und Speck; *Rührei* mit oder ohne Pilze, Lachs, Shrimps, Lauchzwiebeln und Speck ... weich oder hart, im Glas oder pochiert. Allein die Eierkreationen waren wie eine Reise ins Wunderland. Und an einer urwaldartig dekorierten Station bereitete ein lieber kleiner Filipino frischen Obstsalat zu. Mehr dazu im folgenden Kapitel.

Mir brachte der Besuch in der Lido-Bar zwei Vorteile. Das Essen war sagenhaft viel besser als in der »Futterkrippe«, und hier gewann ich Zeit für die Siesta am Mittag. Die Futterkrippe war die offizielle Messe für Bedienstete, ein steriler Raum tief unter Deck, mit seinen Resopaltischen so anregend wie die Kantine der Deutschen Bundesbahn in den siebziger Jahren – gastronomischer Höhepunkt: Pommes frites. Ständig roch es nach Fett, zwei Minuten Aufenthalt genügten, und der Geruch saß unlösbar in der Kleidung.

Ich frühstückte also wie ein Kaiser und war danach so satt, dass mein Körper erst am Abend wieder nach etwas Nahrung verlangte. Das Mittagessen ließen wir ausfallen, und während die Passagiere ihre Kalorienbilanz an festlichen Tischen aufwerteten, holte ich mir die Kraft des Mittagsschlafs: *Power Napping* sagt man wohl heute dazu – der kurze, aber intensive Gesundheitsschlaf!

RUMPELN ÜBER DEN POLARKREIS

Gegen 21 Uhr kamen wir in Honningsvåg in Norwegen an. Außentemperatur ca. 20 Grad, die Sonne stand hoch am Himmel, warm und gelblich – Sommersonnwende. Rund 1.800 Stunden, ein gutes Vierteljahr, steht die Sonne in den Sommermonaten am Nordkap am Himmel und will und will nicht untergehen. Mitternacht so hell wie High-noon!

Wenn du dich der Stadt Honningsvåg vom Meer her näherst, glaubst du, du landest in Legoland oder mindestens in einem Spiel der Augsburger Puppenkiste. Die Fassaden der Häuschen am moos- und flechtenüberzogenen Hang in der Bucht leuchten in der Abendsonne falunrot, honigmelonen- und schlumpffarben. Unwirklich und wie eigens für die Touristen gemacht, ein Disneyland der Natur. Aber in Honningsvåg leben und lieben und arbeiten keine Comic-Figuren, sondern echte Menschen, wenn es auch nur knapp 2.500 Norweger sind, die hier gemeldet sind.

Jeder an Bord war aufgeregt, und auch mich hatte es gepackt: Heute sollte es über den Polarkreis gehen. Da wir keine Reiseleiter vor Ort gebucht hatten, mussten wir Mäuschen vom Schiff ran. Oh Mann, war ich aufgeregt! Wir alle, meine Kollegen und ich natürlich auch, bekamen von Tatjana ein dickes Papierpaket, da stand alles Wissenswerte drin, was wir später dann den Gästen erzählen sollten.

Es gibt eine einfache Regel: Wenn du etwas recherchieren musst, geh zur Quelle! Also nahm ich, statt dicke Wälzer und Ordner zu lesen, eine Abkürzung: Ich interviewte meine erfahrenen Kollegen! Meine Informationsquelle an Deck hieß Hubert, ein ehemaliger Marineoffizier. Hubert ging die Sache ganz korrekt an – Länge mal Breite mal Höhe. Geologische Daten hier, soziologische Hintergründe dort. Geschichtliches und Anekdotenhaftes zwischen die Sachinfos gestreut wie die Petersilie über die Suppe – das war nicht ganz so mein Ding. Aber egal, ich hörte zu. Hängengeblieben sind mir zwei Punkte, ein wahrer und ein blöder. Die Einwohner, erzählte Hubert, sind Lappen, werden aber Samen genannt; und beim Überqueren des 71. Breitengrads, des Polarkreises, sollte ich aufpassen, es würde rumpeln, wenn man den Bogen überschreitet, und das sollte ich natürlich erwähnen. So lustig, Hubert, wirklich lustig!

Peter, unser Musikkünstler, schilderte mir die romantische Sichtweise des Nordkaps und schwärmte vor allem von der Party nach dem Ausflug.

Steph ging die Sache wieder ganz pragmatisch an: »Du wirst das schon meistern«, beruhigte sie mich. »Bleib einfach du selbst, und wenn wir an der Nordkaphalle ankommen, dann siehst du, wo alle hinrennen. Da rennst Du mit.«

Und Lisa, meine erfahrene, professionelle Lisa, nahm meinen ersten Ausflug, meine erste Gästebetreuung in einem fremden Land locker: »Heidi, don't worry! Alles wird gut!«

Locker? Das war ganz in meinem Sinn.

71° 10' 21". Am Polarkreis – Grenze der Arktis

Ich nahm es sogar sehr locker. Unterlagen lesen? Pustekuchen. Ich war ja bestens informiert durch Hubert und Peter und bildete mir ein, im Besitz intimer Kenntnisse über Land und Leute zu sein. Und ich nutzte noch einen taktischen Trick.

Kleines Cleverle, das ich bin, habe ich damals den letzten Bus gewählt. Hier warteten die restlichen Passagiere, die in den ersten Bussen keinen Platz mehr gefunden hatten. Und so erfuhr eine überschaubare Schar an Reisenden, was Reiseleiterin Heidi ihnen zu erzählen wusste. Ich glaube, es wich deutlich von dem ab, was die Passagiere in den anderen Bussen erfuhren. Aber in kleineren Gruppen können sich die Aufrührer und Protestierer nicht so gut verstecken. Meine Gruppe schluckte brav und still meine eigenwilligen Schilderungen.

Gott sei Dank, hatte ich einen supernetten Busfahrer. Er sprach sogar deutsch (was für ein Glück!) und korrigierte mich das eine oder andere Mal. Schließlich übernahm er auch die Reiseleitung – ich hatte es wohl zu bunt getrieben mit meinen Geschichten.

Selbstverständlich hat mein lieber Busfahrer auch den schalen Witz gemacht, als wir über den Polarkreis »rumpelten«. Den Gästen im Bus war's recht, sie lachten herzhaft, und somit sah ich meine Mission erfüllt. Mal ehrlich, es gibt kaum etwas Schöneres auf der Welt, als die Menschen zum Lachen zu bringen.

Unser Ziel war die Nordkaphalle. Gebaut Ende des 19. Jahrhunderts, verfiel das Wahrzeichen des Nordpols bereits während des ersten Weltkriegs. Als die Bomben und Granaten über Europa regneten, blieben die Touristen aus, die Menschen hatten andere Sorgen, als ein seltsames Gebäude am eisigen Ende der Welt zu besuchen. Erst im Laufe der kommenden Jahrzehnte wurde die Nordkaphalle nach und nach zu dem Schmuckstück von heute. Teils unter die Erde gebaut, um das Landschaftsbild nicht zu beeinträchtigen, beherbergen die vier Stockwerke heute einen Kinosaal, eine Kapelle, eine Halle und ein Postamt. Und bevor jetzt jemand bei mir anruft: Das dürft ihr mir glauben! Sind alles verlässliche Informationen, fragt nach bei Google!

An der Nordkaphalle angekommen, stiegen alle aus zur Besichtigungstour. Jeder, auch die Reiseleiterin, deckte sich mit Souvenirs ein (furchtbar teuer!) oder kaufte wenigstens eine Briefmarke mit Polarkreismotiv und dem begehrten Nordkap-Stempel. Dann trafen wir uns wieder an der imposanten Weltkugel.

Es war mittlerweile Mitternacht. Noch immer stand die Sonne am Himmel, knapp überm Horizont, und wärmte die Luft auf 20 Grad. Hört sich das gut an? Dann mach dich auf etwas gefasst, wenn es dich mal an den Polarkreis führen sollte: Die 20 Grad fühlten sich an wie knapp über dem Gefrierpunkt. Und trotzdem liefen die meisten im kurzen Hemd durch die Gegend, nur Heidi, eure kleine Reiseleiterin, machte einen auf Michelin-Männchen, fest eingepackt im dicken Polaranorak.

Ein Uhr in der Nacht. Höchste Zeit für die Rückfahrt, denn das Schiff sollte um halb zwei ablegen. Also hurtig in den Bus und Richtung Hafen. Noch immer glänzte die Sonne überm Horizont, und wir bekamen eine leise Vorstellung von der Strapaze, was es bedeutet, monatelang in einer taghellen Nacht schlafen zu müssen. Hier oben in der Gegend von Honningsvåg muss das Sprichwort entstanden sein: die Nacht zum Tag machen.

Und weil der Mensch das Überleben im Laufe der Evolution seiner Anpassungsfähigkeit verdankt, haben wir uns den Umständen gebeugt und die Nacht zum Tag gemacht: Nordkapparty am Sonnendeck der *MS Lady*. Glühwein, Suppe, Pflaume in Rum bei 20 Grad um 2 Uhr nachts in mythischer Umgebung. Norwegen, Land der Trolle.

Um 3 Uhr nachts schwächelte auch ich langsam und verabschiedete mich in meine Kabine. Schon in vier Stunden würde es wieder heißen »Fit in den Tag mit Heidi«!

DAS GROẞE FRESSEN …

Es gibt ein niemals bestätigtes Gerücht: Sämtliche Gewichtswaagen sämtlicher Schiffe sind manipuliert. Sie werden zwei bis drei Kilo zurückgestellt, damit der Gast nicht merkt, dass er zugenommen hat.

Ob es stimmt? Wer weiß das schon. Tatsache aber ist: Das Meeresschaukeln ist schuld, dass die Waage nur Zirka-Angaben anzeigt.

Das Essen für die Bediensteten an Bord in der Futterkrippe war, ums mal freundlich zu sagen, eine Herausforderung an die Duldsamkeit eines jeden Mitarbeiters. Es stank nach Fett, es gab viel Fettes, und wir armen Reiseleiter waren so weit vom lukullischen Angebot der Lido-Bar entfernt wie der Tiger im Käfig von seiner Beute vor den Gitterstangen. Nur beim Frühstück fand sich die Gelegenheit, Leckereien zu stibitzen. Und das tat ich dann so ausgiebig, dass ich erst am späten Nachmittag wieder Hunger verspürte.

Damals hat mich die Pause zwischen den Mahlzeiten strapaziert, mittlerweile weiß ich: Ich war meiner Zeit voraus! Wer heute abnehmen will, beginnt am besten mit dem sogenannten *Intervallfasten*. Zwölf, vierzehn oder gar sechzehn Stunden nichts essen, entschlackt den Körper; er greift dann auf die Fettreserven zurück, und die Pfunde schmelzen. Ich habe also beim Frühstück kräftig Kalorien gebunkert und dann den lieben langen Tag möglichst nichts mehr gegessen. Aber ehrlich:

Leicht ist mir das nicht gefallen. Ein Kreuzfahrtschiff ist definitiv nicht der Ort für eine Erleichterungkur, im Gegenteil: Die Rund-um-die-Uhr-Verpflegung ist einer der stärksten Magnete für unsere Paxe und ein Schiff mit mehr als zehn Restaurants eher die Regel denn die Ausnahme. Zurück zu den Details.

Der Passagier erhält bis zu sieben Mahlzeiten an Bord.

Los geht's mit einem *Early Bird*. Ein kleines Frühstück für die Frühaufsteher, zumeist bestehend aus Kaffee, Tee und niedlich winzigen Croissants oder süßen Stückchen für den Frühaufsteher. Hat was Italienisches, finde ich.

Danach kommt das große Frühstück, natürlich als Büffet aufgebaut. Was dort alles geboten wird, habe ich im Kapitel »Glühwein im Polarsommer« beschrieben. Aber wusstest du, dass das Frühstück auch als Kalender dient? Nein? Nun denn: Wenn es Sekt zum Frühstück gab, wussten wir: Sonntag! Welcher Wochentag gerade ist, kann man ja im Urlaub und speziell auf einem Kreuzfahrtschiff schnell vergessen.

Die Essenszeiten werden zwar den Ausflugszeiten bzw. Landgangszeiten angeglichen, aber in der Regel ist das Frühstücksbuffet immer zwei Stunden geöffnet.

Vor dem Mittagessen kann eine Bouillon gelöffelt werden. Wird auch immer sehr gern genommen als Appetitanreger.

Auftritt: das Mittagessen!

Man kann es als Buffetform im Überseeclub zu sich nehmen oder schick mit Service im Restaurant. Es darf geschlemmt werden, alles nur vom Feinsten. Egal ob Kalbs-, Rinder- oder Schweinefilet, Fisch, Gemüse, Reis, Kartoffeln, Pasta, Sauce – alles da. Schon gewusst? Der Deutsche lädt sich durchschnittlich fünf Kartoffeln auf den Teller, der Franzosen nur zwei. Als krönender Abschluss kommt das Dessert.

So viel Essen ist Schwerstarbeit und macht müde. Es folgt: der Mittagsschlaf.

Unser Körper ist so programmiert, dass er nach dem Wachwerden denkt, er muss futtern. Und deshalb darf, wer die Siesta absolviert hat, sich am Kuchenbuffet ergötzen. Aber bitte mit Sahne!

Wer noch Kraft hat, flaniert jetzt übers Deck. Man promeniert, und ehe man das Schiff einmal umrundet hat, läuten die Glocken schon für die nächste Herausforderung: Es geht zum Abendessen.

Auf der *MS Lady* gab es zwei Tischzeiten, da das Restaurant nicht für 600 Passagiere ausgelegt war. Die zweite Tischzeit ist der Moment des Galadinners, also des Kapitänsdinners. Am Dinner nehmen der Kapitän teil, der Hotelmanager, der Kreuzfahrtleiter und sechs ausgewählte Passagiere. Als Passagier gelangt man nicht so ohne weiteres in den erlauchten Kreis. Meist handelt es sich um Stammgäste oder Hochzeitspaare, Jubilare oder die Mitglieder eines speziellen Clubs von *Heartbeat Cruising Tours*, oder man feiert einen besonderen Geburtstag. Wenn du mit Manipulation, Bestechung oder Schmeichelei versuchen möchtest, an den Tisch zu gelangen (es wird dir nicht gelingen): Die Auswahl trifft meist die Kreuzfahrtleiterin in Absprache mit dem Hotel-Manager. Nach dem Essen geht der Kapitän mit diesen sechs Gästen zur Show und verbringt dort den restlichen Abend; was nicht unbedingt lange ist, denn natürlich drehen sich die Gespräche mit dem Kapitän meist um immer dieselben Themen, und das tut sich kein Mensch länger an als absolut nötig. Auch kein Kapitän.

Die frühere, erste Tischzeit gilt als ungeliebte Essenszeit. Für viele zu früh, und für manche bloß die zweite Wahl. Nach dem ersten Essen werden die Gäste mehr oder weniger aus dem Restaurant hinauskomplimentiert – aus Sicht der Crew nachvollziehbar, denn die müssen die Tische für die zweite Hälfte neu eindecken. Doch auch die erste Tischzeit konnte mit einem Höhepunkt aufwarten, dem »kleinen« Käpt'ns Dinner. Ich nenne es deshalb »klein«, weil statt dem ersten Kapitän sein unmittelbarer Stellvertreter teilnimmt, der Staff-Kapitän. Der Staff-Kapitän wird flankiert vom Chief Purser und der

Ausflugsleiterin, sechs ausgewählte Gäste dürfen ebenfalls am Tisch Platz nehmen. Und nach dem Essen geht es gemeinsam Richtung Abendprogramm.

Wo sind wir jetzt? Mal schauen: Early Bird, großes Frühstück, Bouillon, Mittagessen, Kaffee, Abendessen – macht sechs Mahlzeiten. Fehlt noch die Überbrückung für die Nacht in Form eines kleinen Mitternachtssnacks. Meist bekommt man eine Suppe kredenzt oder Canapés oder kleine Käsespieße, auf jeden Fall nichts allzu Schweres.

… UND DAS KLEINE

So, Leute, das war nun der Passagierbereich.

Natürlich glauben alle Gäste, die Crew bekomme dasselbe Essen. Nö, Pustekuchen, wir werden deutlich schlechter verpflegt, und darum ist, wenn sie an Land geht, für die Crew nicht die Stadtbesichtigung das wichtigste, sondern das – Essen. Das Essen im Hafen, das Essen in der Stadt, das Essen in den heimischen Gaststätten, den spanischen Bodegas, englischen Inns oder portugiesischen Pousadas.

Es gibt eine Crew-Küche, in der die Köche landestypisches Essen bruzzeln, Essen also, das in der Heimat der Köche favorisiert wird. Wenn wir viele Filipinos an Bord hatten, dann gab es immer Reis und Hühnchen. Es gab auch mal Pizza oder Pasta, hauptsächlich aber sah unser Buffet so aus: zwei Behälter Reis, verkochtes fettiges Gemüse, trockenes Fleisch, kaum Salat, Suppe (mehr Wasser als Geschmack), Dessert, halbherzige Kuchen oder Eiscreme (die immer schnell weg war).

Wie oft haben wir uns gewünscht, dass was von den Gästen zu uns wandert, aber keine Chance! Nein, das wurde damals weggeschmissen, leider.

HINTER DEN KULISSEN

Acht Fakten zur Kulinarik einer Kreuzfahrt

Wusstest Du, dass ...

... rund 13.200 Portionen Müsli, 37.000 frische Eier, 7.000 Liter Milch und 7.500 Portionen Marmelade für 2.600 Passagiere während einer Atlantiküberquerung mit dem Kreuzfahrtschiff eingeplant werden?

... gut und gerne sieben Tonnen Obst auf einer 10-tägigen Kreuzfahrt mit rund 400 Gästen verarbeitet werden? Soweit möglich, werden Obst und Gemüse von regionalen Händlern in den Häfen frisch eingekauft.

... es Kreuzfahrtreisen gibt, auf denen Veganer aus mehr als 250 veganen Gerichten wählen können?

... etwa sechs Tonnen Fleisch und Geflügel von rund 700 Gästen in sieben Tagen verzehrt werden? Manche Reedereien haben sogar ihre eigene »Dry-Age-Anlage« an Land, von der sie ihr 28 Tage trockengereiftes Rindfleisch beziehen.

... innerhalb eines Jahres über 23.000 Flaschen Champagner und 518 Kilogramm Kaviar auf den Reisen eines kleineren Schiffes mit Platz für 300 Gäste serviert werden?

... über 340 Liter Eiscreme auf einer zehn Tage langen Kreuzfahrt von rund 400 Passagieren verzehrt werden?

... im Laufe eines Jahres mehr als 54.000 Flaschen ausgewählter Weine auf einem Schiff mit einer Kapazität für rund 320 Passagiere ausgeschenkt werden?

... Kreuzfahrturlauber zwischen bis zu 45 Sorten Gin wählen können?

(Aus einer Pressemeldung der Cruises Lines International Association, Germany (CLIA), vom 1. Oktober 2018)

MEINE ERSTE REISE GEHT ZU ENDE

Langsam, aber sicher neigte sich meine erste Reise ihrem Ende zu. Eine Station stand noch an: Bergen in Norwegen.

Die Stadtrundfahrt Bergen war sehr kurz, was wohl daran liegen mag, dass Bergen kleiner ist als beispielsweise Bonn – und Bonn gilt vielen ja schon als Provinz. Ich will der Stadt Bergen nicht unrecht tun, sie ist ein idyllisches Fleckchen, die historischen Holzbauten in der Altstadt sind sehenswert, sogar außergewöhnlich, doch nach eineinhalb Stunden war bereits Schluss, war das Wesentliche besichtigt. Zumindest für unsere Gäste.

Für uns Schiffsbedienstete hingegen bedeutete das Ende der Stadtrundfahrt den Auftakt für ein Ritual: Jedesmal, wenn der Zielhafen Bergen lautet, geht die Schiffsbesatzung auf den Fischmarkt. Dann heißt es: »Krabbenkauf – Krabben pulen!«

Einer aus der Truppe stürmte den Fischmarkt. Der Auftrag: eine Ladung »nykokte Fjordreker« kaufen, frisch gekochte Garnelen aus dem Fjord vor dem Hafen!

Ich habe nichts gegen Gemüse. Ein über drei Stunden bei 190° Celsius geschmorter Sellerie ist eine überwältigende Köstlichkeit, für die ich jedes Stück Angus-Filet ignoriere. Und die bunte Fülle an Gemüsen aus aller Welt auf dem Münchner Viktualienmarkt gehört zu den am meisten Staunen machenden Ansichten, die man sich vorstellen kann, wenn man nur mit Kartoffel und Blumenkohl großgeworden ist. Aber das alles ist nichts, verglichen mit dem Anblick überbordender Stände von Meeresfrüchten, von Meeresgetier, von rotorangefarbenen langarmigen Langusten, von silbrig schimmernden Kurzflossen-Mako, von schwarzen und feuerroten Hummern, aufgereiht wie die Wagenparade von Volvo vorm Stammhaus; von zartrosafarbenen Garnelen, hochgetürmt zu unterarmhohen Kegeln, von frischen Muscheln, von meterlangen luftgetrockneten Stockfischfilets, die von den Decken der Stände baumeln (bei uns bekannt als Kabeljau, in Portugal als Bacalhau), von dickbelegten Krabbenbrötchen, steakähnlichem Walfleisch, dunkel marmoriertem, plumpem, breitmauligem Anglerfisch, die aus mehr als 300 Meter Tiefe hervorgeholt werden (also zweimal die *MS Lady* senkrecht übereinander gestellt!) – es nahm und nahm kein Ende. Ein Fest fürs Auge, sieht man einmal davon ab, dass mich die Fülle an Walfleisch ziemlich erschreckt hat! Angeblich stammt es ausschließlich von nicht gefährdeten Arten. Ob das wohl stimmte?

Das Ritual

Ist der Kollege vom Einkauf zurück, stürmen wir die Futterkrippe. Du erinnerst dich: Wir Angestellte bekommen als Verpflegung nur Frittiertes; na ja, beinahe – ein bisschen Fleisch ist ab und zu auch mal dabei, aber für alles andere müssen wir selbst sorgen. Und in der Futterkrippe sitzen wir dann und pulen die Krabben. Und dann verschlingen wir sie mit Hochgenuss. Was für eine Feier!

Auch die fröhlichste Party endet. Am Nachmittag waren wir wieder auf See Richtung Bremerhaven, Richtung Heimat. Ich fand es unwirklich, dass diese Reise fast zu Ende sein sollte. Doch erst einmal galt es noch den Kapitänsabend bzw. den Kapitäns-Abschiedscocktail durchzustehen.

Um halb sieben bildeten wir an der Tür ein Spalier und wiesen den Gästen ihren Platz. Ob du's glaubst oder nicht, es gibt immer jemanden, der zu diesem festlichen Anlass in Jogginghose erscheinen will. Das wissen wir am Eingang schon zu verhindern. Nur was machst du, wenn ein Besatzungsmitglied sich nicht an die Vorschriften hält? Im Kapitel »Die Holländerin« erlebst du so einen Fall.

Wenn die Marschmusik ertönt, entern die Offiziere die Bühne, allen voran der Kapitän. Da stehen sie dann wieder, all die Streifenhörnchen. Mein Gott, was für ein Anblick!

Der Kapitän sprach ein paar Worte zum Abschied, wir alle prosteten uns zu mit einem Glas Sekt, und dann schwebten sie wieder, begleitet von Marschmusik, von der Bühne.

Wir, das Fußvolk, standen währenddessen artig weiter an der Tür und wünschten jedem Gast einen Guten Appetit. Das Ganze wiederholte sich vor der zweiten Tischzeit. Erst zur zweiten Tischzeit kommt er persönlich, der Herr des Kahns. Der Kapitän.

Nach dem Empfang dreht das Schiff noch einmal so richtig auf. Es gibt eine Bühnenshow für alle Gäste. Für uns heißt es dann wieder an der Türe stehen und »Guten Abend« sagen, »gnädige Frau, gnädiger Herr«. Jeder Job hat so seine Schwächen.

Nur nicht über die Reling beugen

An diesem Abend hatten wir zum ersten Mal Seegang auf dieser Reise. Es schaukelte ganz schön heftig, und entlang der Reling hingen Spucktüten.

Eine eiserne Regel sagt: »Immer eine Hand am Schiff!« Damit ist gemeint, man sollte immer so gehen, dass man sich in jedem Moment mit einer Hand an einer der Stangen festhalten kann, die überall auf dem Schiff verteilt sind, damit man nicht über Bord geht, wenn der Seegang zu stark ist und das Schiff auf und ab schwankt.

Ich sollte später noch viel schlimmere Stürme miterleben, aber für den Anfang fand ich das richtig lustig. Mir hat es gefallen, dass die *MS Lady* uns auch mal mitteilte, dass wir wirklich auf See waren; die Nordsee kann in dieser Hinsicht ja richtig ungemütlich werden.

Am Ende des Tages, am Ende des letzten Reisetages meiner ersten Reise auf einem Kreuzfahrtschiff, war ich wirklich fix und fertig. Ich wollte nur noch in meine Kabine und in mein Bett.

Da lag ich nun und wurde in den Schlaf geschaukelt. Aber irgendwie klappte es nicht so richtig mit dem Einschlafen, denn ich war aufgeregt wegen morgen: mein erster Ausschiffungs- und Einschiffungstag.

Andererseits erfüllte mich ein Gefühl von Glück und Stolz. Ich hatte es geschafft, meine erste Reise! Und alle, alle hatten mich ins Herz geschlossen.

Ein Meilenstein in meinem Leben war gesetzt!

RECHTS UND LINKS

Crew-Mitglied: »Backbord ist links, steuerbord ist rechts. Backbord ist rot, steuerbord grün.«

Gast: »Das kann sich doch kein Mensch behalten!«

Crew-Mitglied: »Nichts leichter als das! Wenn ich Ihnen eine Backpfeife gebe, ist Ihre *linke* Backe *rot*.«

DIE LETZTEN MOMENTE AN BORD

Mit neuer Energie wachte ich auf. Der junge Tag konnte kommen. Auf das, was ich dann sah, war ich nicht vorbereitet: Im öffentlichen Bereich häuften sich die Koffer hoch wie der Mount Everest. Na gut, Mount Everest ist etwas geflunkert, aber mindestens bis knapp unter die Decke. Und nun?

Während der Nacht und in den frühen Morgenstunden waren auf jedem Deck die Koffer der Gäste eingesammelt worden, eine Meisterleistung der Filipinos.

Jetzt türmte sich das Gepäck nahe am Bauch des Schiffes vor dem Ausgang und wartete darauf, herausgetragen und am Kai gestapelt und auf ihre Eigentümer, auf Busse und Taxis verteilt zu werden.

Dann ging es los. Die Gäste wurden aufgerufen, getrennt nach Transfer zu Bahnhof bzw. Flughafen, und oben, noch an Bord, verabschiedeten sich der Hotelmanager und die Kreuzfahrtleiterin. Unten an der Gangway, an Land sozusagen, standen sämtliche »Streifenhörnchen«, um sich zu verabschieden. Und eine Reiseleiterin – ich.

Und während das typische hektische Gewusel und der Kampf um die Busplätze und die richtigen Koffer tobten, rollten bereits die Lastwagen an und verluden den Proviant für die nächste Reise.

Ein Kreuzfahrtschiff ist immer unterwegs. Für ein Kreuzfahrtschiff ist immer Saison, denn irgendwo auf dieser Welt ist immer Sommer, ist es warm oder eisig, exotisch, fremd, ungewohnt, spannend, auf- oder anregend.

Und immer, zu jeder Jahreszeit, finden sich Menschen, die es sich einmal so richtig gut gehen lassen wollen, die sich verwöhnen lassen wollen. Auf einem Kreuzfahrer ist Verwöhnung schon in der ersten Konstruktionszeichnung des Schiffes eingeplant.

Und während durch die eine Luke das Gepäck der letzten Reise gehievt und aufs Förderband geladen wurde, füllten emsige Helfer am anderen Ende die Vorräte auf für die nächste Tour.

In den Kajüten zwitscherte der Zimmerservice und richtete alles für die neuen Gäste her. Schokolade aufs Kissen, Mineralwasser auf den Tisch, Notfallnähset vor die Spiegel im Bad. Ich selbst erfüllte meine letzten Pflichten für die Gästeschar, die ich während der vergangenen vierzehn Tage ins Herz geschlossen hatte. Ein paar Tränen hier, ein paar Umarmungen dort. Ein Witzchen, das den Abschied erleichtern sollte, liebe Grüße an Menschen, die ich nicht kannte, von denen mir aber meine Gäste erzählt hatten, gerührte Blicke allerorten, selbst der Personalchef musste eingestehen: »Mensch, Heidi, Sie sind ja richtig beliebt!« Ich schaute ihn an: »Hab ich's nicht prophezeit?«

Endlich war die Verabschiedungsprozedur vorüber. Schneuzen ins Taschentuch, Tränchen trocknen, Lächeln ins Gesicht gezaubert, fertig.

Nachdem alle Gäste von Bord waren, blieb mir eine Stunde Zeit für eigene Besorgungen. Zahnpasta auffüllen, ein paar Slips und T-Shirts besorgen, neue Schuhe einkaufen, denn mein Schuhwerk war arg mitgenommen – man sollte nicht glauben, wie viel Kilometer das Personal auf so einer Reise absolviert! –

und schließlich einfach mal durchatmen und ein paar Momente der Ruhe, des Alleinseins genießen.

Seit 6 Uhr war ich auf den Beinen, es würde noch gut fünfzehn Stunden dauern, bevor an Schlaf zu denken war. Jetzt verstand ich, warum diese Tage die anstrengendsten an Bord sind.

Ein großer Nachteil des Lebens unterwegs: Geld sparen fällt extrem schwer! Wenn du wenig Zeit hast für den Einkauf, musst du nehmen, was in der Nähe des Hafens liegt. Du musst die Preise akzeptieren, und du akzeptierst sie. Fakt war, dass ich bis jetzt schon mehr Geld ausgegeben als verdient hatte. Das aber ging jedem so, nicht nur mir.

Nach meiner ersten Nacht an Bord der *MS Lady* war ich verzweifelt gewesen (Kapitel »Die Sache mit dem Virus«). Ich hatte wortwörtlich aussteigen wollen. Ich verdanke es Tatjana, dass es anders kam. »Vertrau mir«, hatte sie mir damals erklärt. »In diesem Moment sieht es vielleicht noch aus, als ob alles schiefgegangen wäre. Aber du darfst mir glauben, mit dem Schiff fahren, das ist wie ein Virus: Du hast ihn, oder du hast ihn nicht. Entweder man hasst es, oder man liebt es.«

Um 14 Uhr hatte ich wieder Gangway-Dienst, Empfang der nächsten Gäste. Das Spiel begann von neuem.

Doch dieses Mal wusste ich ja schon über alles Bescheid. Der Virus, er hatte mich fest im Griff.

Doch wo blieb mein Kapitän?

WIE ICH EIN FAN DER MATROSEN WURDE

Die erste Reise hatte mich auf Trab gehalten – und geformt. Jeden Tag tauchte Neues auf, jeder Moment war gefüllt mit Unbekanntem. Und am Rande eines jeden Moments fragte ich mich leise: »Werde ich es schaffen?«

Eines war mir sehr schnell klar geworden: Tagtäglich warteten drei bis siebenundsiebzig Katastrophen auf mich. Kleine Katastrophen, mittlere Katastrophen, echte Katastrophen. Die beiden größten Sorgen aber hießen: Ich wusste nie, wann die Katastrophe eintrat, und niemals ließ sich erahnen, aus welcher Richtung sie kam. Nur dass sie kam im Laufe des Tages, das war klar.

Harmlos bis schrullig waren ja noch die Fragen der Gäste. »Woher bekommt ihr die frische Milch? Die Eier? Haltet ihr Kühe und Hühner unter Deck?« Schlimmer wurde es, wenn sich beispielsweise Frau Gemahlin an Bord verlaufen hatte und ihr Gatte sie in der Kabine eines Mitreisenden vermutete. Da kam Stimmung an Bord.

Und nun: neue Reise, selbes Jahr.

Rätselhaftes Labyrinth

Das Schiff erschien mir manchmal wie ein geheimnisvolles Haus mit unbekannten Winkeln, mit schummrigen Räumen, mit labyrinthartigen Treppengängen – ein Universum aus oben und unten, aus Hölle und Paradies.

Das Paradies war den Passagieren vorbehalten. In der Hölle, ganz tief unten, im Bauch des Schiffes, da arbeiteten die Helden des Schiffs, die Matrosen. An einem der vielen Seetage schleppte mich Tatjana runter zu ihnen, sie hatte dort einen Freund.

Mann, war ich aufgeregt! Endlich wieder einmal waschechte Männer und nicht diese mit Discounter-Deo parfümierten Jogginghosenträger! Männer, die von morgens bis abends schuften, damit das Paradies funktioniert.

Oben an Deck bekommst du davon nichts mit, die Matrosen treten dort nicht in Erscheinung, aber sie sind es, die das Wunderwerk der Technik am Laufen halten. Vom Zimmermann, der auch die Taue richtet, bis zum Maschinisten, der die Maschinen umsorgt, sie liebkost.

Tatjana und ich stiegen hinab in die Katakomben, und mich traf der Schlag. Ich schwöre dir, mich empfing ein Geruch, der mich verzauberte. Sofort. Nichts konnte ich dagegen tun. Das Aroma, das von Schmieröl und Eisen ausgeht, der Duft von Schweiß und Knoblauch, von frischer Farbe, durchtränkt von Molekülen aus dem Meer ringsum. Und über allem hing der weiche alkoholische Geruch von Wodka. Was für eine Mischung! Ich war hin und weg.

Einschub

Knoblauch und Schweiß, Öl und Eisen, ich verstehe, wenn du ein wenig pikiert die Nase rümpfst. Aber das alles waren ja nur die Ingredienzien, deren Kombination erst den überwältigenden Duft schufen. Und dass in manchen sündteuren Parfüms unanständige Zutaten stecken, das weißt du, oder? Amber, zum Beispiel, kommt direkt aus dem Magen von Pottwalen. Lecker, nicht wahr? Einschub Ende.

Noch immer ging es weiter nach unten und dann nach hinten (ok: Auf dem Schiff heißt das nach *achtern*). Wir befanden uns auf Tour hin zum Mooring-Deck.

Ich habe das Mooring-Deck zwar als »Hölle« bezeichnet, in Wahrheit aber ist es eine Art Heiligtum, zu dem kein Passagier Zutritt erhält. Das Mooring-Deck entspricht dem dreizehnten Zimmer des geheimnisvollen Hauses, von dem ich oben geschrieben habe. Du darfst es nicht betreten, du darfst nicht einmal die Tür öffnen, wenn du Passagier bist. Und, ganz ehrlich: Du findest nicht einmal hin, denn der Weg dorthin führt durch die Küche.

Im Mooring-Deck liegen sämtliche Trossen, mit denen das Schiff am Kai vertäut wird, Berge von Seilen! Hier befindet sich die riesige Ankerwinde, und ein Gerät zum Schießen der Leinen machte uns staunen. Wir sahen die Manöverklappe im eingefahrenen Zustand. Am auffälligsten aber war die Sauberkeit! Bei diesem Geruch hätte es mich nicht gewundert, wenn sich unser Weg durchs Mooring-Deck zwischen Öllachen gewunden hätte.

Noch ein Einschub

Ich habe mich erkundigt. Manche Reedereien verdienen sich ein schönes Geld mit den Touren zum Mooring-Deck. Da bezahlst du gut und gern 150 Dollar – wenn du überhaupt eingeladen wirst, denn solche Exkursionen sind den Premium-Gästen vorbehalten, habe ich mir sagen lassen. Probier's mal aus auf dem Schiff, auf dem du dich gerade befindest. Frag mal nach, ob du das Mooring-Deck besichtigen kannst. Und schreibe mir, wenn es dir gelungen ist, die Hürden zu überwinden. Ich bin gespannt.

Es gibt diese wunderbare Szene in dem grandiosen Film »Titanic«. Jack (gespielt von Leonardo DiCaprio) zeigt der kurz vor der Heirat stehenden, stinkreichen und ziemlich schnippischen Rose (Kate Winslet) seine Welt unter Deck.

Während oben die Erste-Klasse-Gäste ihren Tee mit gespreiztem kleinem Zeigefinger zu sich nehmen, tobt hier unten das pralle Leben in Holzschuhen und abgerissenen Hosen. Irische Musiker fiedeln, flöten und heizen den Gästen ein, der Alkohol strömt, es wird getanzt und gelacht und Rausch und Ekstase – ein Szenario, das Universen weit entfernt ist von der Welt, aus der Rose stammt.

Nicht falsch verstehen: Ich bin nicht Rose (und ein »Jack« war für mich auch noch nicht in Sicht), aber ein kleiner Abglanz dieser Titanic-Szene lag vor mir: Auf dem unteren Deck hatten die Matrosen einen Grill aufgebaut. Es gab ukrainisches Schaschlik mit viel Knoblauch und Brot und natürlich Wodka. Viel Wodka. Wodka aus Wassergläsern, aus Zahnputzbechern, aus Kaffeetassen. Wodka im Überfluss.

Tatjana und ich, wir wurden stürmisch begrüßt, und Tatjana erklärte mir die zwei Regeln: »Mittrinken, Heidi, immer! Und auf jeden Fall mitessen. Alles andere ist unhöflich.«

Kennst du das Motto von Wacken, von Deutschlands, was sag ich, vom weltgrößten Heavy-Metal-Fest? Es lautet: »Wenn du dich erinnern kannst, warst du nicht dabei!« Soll heißen: Wenn du dich erinnern kannst, was du getan hast, dann hast du nicht richtig gefeiert. Ich kann nur sagen: Ich habe richtig gefeiert mit meinen neuen Freunden. Mit meinen Helden. Mit den Matrosen. Nur was genau passiert ist und wie ich in meine Kabine gekommen bin, das liegt im Dunkel des Nichtmehrwissens ...

Ich indes war, kann man so sagen, bei der Grillfeier meiner Matrosen dabei.

Und damit wäre es an der Zeit den Schleier ein wenig zu lüften von einem nur bedingt ruhmreichen Kapitel meines Lebens. Das Kapitel Männer.

Mann an Bord

In dem Moment, da ich aufs Schiff ging, habe ich alles hinter mir gelassen. Ich war frei, absolut frei, und wollte alles neu beginnen. Neuer Job, neues Leben, neues Ich, denn hier war ich nicht durch eine Vorgeschichte belastet. Aber du kannst dir nicht entkommen, du schleppst dich immer mit dir herum. Du bist, was du bist, mit all deinen Träumen, Fehlern und Stärken. Und mit deinen Sehnsüchten. Es kam, wie es kommen musste: Ich war Mitte 30 und voller Verlangen, auch ich hatte Bedürfnisse, die gestillt werden wollten.

Natürlich war es wie verhext, ich schwärmte für die Offiziere der Nautik und natürlich für den Kapitän, aber die waren unerreichbar, alle vergeben oder verheiratet.

Der Pianist vom *Käpt'ns Club* machte mir den Hof – ich fühlte mich geschmeichelt. Jerry kam aus der Tschechei, besaß unglaublich warme braune Augen, und die Zärtlichkeit seiner weichen Finger war unerreicht. Er sprach kaum deutsch oder englisch, aber bei unseren Begegnungen konnten wir leicht auf Sprache verzichten. Nicht der Mann fürs Leben, aber es war in Ordnung. Unsere Beziehung scheiterte am gemeinsamen Beruf: Er trat abends auf, ich war tagsüber beschäftigt. So bekamen wir uns viel zu selten zu Gesicht, als dass da hätte mehr draus werden können.

Eine Augenweide war Christian, unser Decksteward. Breite Schultern, tolle Figur, aber zehn Jahre jünger als ich. Wir verstanden uns sehr gut, so langsam setzten die Bauchschmetterlinge zum Flatterflug an, doch dann verliebte sich das Jüngelchen in eine Tänzerin unseres Tanzensembles. Der Unterschied zwischen der Hüpfdohle und mir konnte extremer nicht sein:

hier die humpelnde Zwergin – dort das über die Bühne fliegende Etwas im tülligen Tutu. Die beiden schwebten im siebten Himmel, und ich blieb mit traurigem Herzen zurück. Niemand sah die Tränen, die ich nachts in mein Kissen weinte.

Immer wieder kam es während der Zeit an Bord zu kleinen Liebeleien. Beziehungen an Bord zwischen Crew-Mitgliedern sind zu neunundneunzig Prozent unverbindlich und nicht von Dauer. Die meisten Männer haben Frau und Kind an Land und vergnügen sich nur an Bord. Eine Beziehung an Bord beendet man nie direkt, sondern lässt sie einfach ausklingen.

Liebe zwischen Gast und Crew

Doch nicht nur die Crew-Mitglieder betteten sich gemeinsam, auch zwischen den Paxen gab es manchmal Urlaubslieben; dagegen konnte niemand etwas einwenden. Unerwünscht, ja: richtiggehend verboten waren und sind Beziehungen zwischen Besatzung und Gästen, den Paxen. Einmal ergab es sich auf einer Nordlandreise, da waren die Gäste deutlich jünger, als sie es sonst waren ...

Ein erwachsener Sohn reiste damals gemeinsam mit seinen Eltern. Birgit, unsere blonde, langbeinige, hübsche, hyperkünstliche und von sich sehr überzeugte Reiseleiterin-*Barbie* hat ihn sich gleich gekrallt. Von nun an vibrierte jeden Mittag Gestöhne über den Korridor. Wir anderen Reiseleiter hatten die Nase (und Ohren) gestrichen voll, aber nein, die beiden waren nicht zu bremsen. Wäre sie erwischt worden oder hätte sie jemand verpfiffen, dann wäre sie von Bord geflogen. Als wir sie darauf ansprachen, empfahl sie uns Ohrstöpsel. »Wenn ich gehen muss, dann gehe ich eben«, war ihr einziger Kommentar.

Das Leben an Bord gestaltet sich meist sehr, sehr oberflächlich; das Kommen und Gehen unter der Crew begünstigt das. Man schließt Bekanntschaften, man findet Freunde oder auch nicht. Man schützt sich vor Enttäuschungen, indem man von vornherein mitschwimmt auf der Welle der Unverbindlichkeit.

In höheren Positionen (Kreuzfahrtleiter, Hotelmanager, Kapitäne) hat man natürlich etliche Freiheiten und ist doch oft auch einsam wegen der Vorbildfunktion, die mit dem Posten verbunden ist. Hinzukommt, dass man nicht einfach die Tür hinter sich schließen und den Arbeitsplatz verlassen kann, wenn man Feierabend hat. Nein, man geht in seine Kabine, und wer nicht in die Crew-Bar will, kann sich wirklich alleine fühlen. An Bord empfindest du eine Woche wie einen Monat.

In all den Jahren an Bord habe ich viele, viele Menschen kennengelernt; geblieben sind mir nur vier Personen, mit denen ich heute noch Kontakt und Freundschaft pflege. Von den Matrosen, meinen Lieblingen, gehört leider niemand dazu, trotz all des Spaßes, den wir miteinander hatten wie beispielsweise auf der Feier, von der ich ein paar Seiten zuvor berichtet habe ...

AUF REEDE AM TAG NACH DER FETE

Legen wir den Mantel des Schweigens über den nächsten Morgen, ich bitte darum. Es ging mir nicht sonderlich gut, Gott sei Dank bewirkt frische Meeresluft wahre Wunder.

Als ich wach wurde, lagen wir auf Reede vor Spitzbergen. Wieder etwa Neues für mich: nicht an der Pier anlegen, sondern vorm Hafen vor Anker gehen, in der Hafeneinfahrt. Fragte sich nur: Wie kamen die Gäste jetzt an Land? Das Zauberwort heißt »tendern«.

Tendern bedeutet, dass die Passagiere eines Kreuzfahrtschiffes mit Rettungsbooten an Land und zurück an Bord gebracht werden. Wer an Land will, erhält ein Ticket mit aufgedruckter Nummer; Nummer 3 bedeutet: Du kommst ins dritte Boot.

Über die Tenderluke verlassen die Passagiere das Kreuzfahrtschiff und betreten das kleinere Boot. Die Crew ist dabei behilflich, denn das Umsteigen auf die Boote kann reichlich wackelig sein – es ist ja nicht so, dass man von einem ins andere Zimmer tritt, sondern von einem Schiff auf das nächste, und das bei manchmal ganz schön kabbeliger See.

Kleiner Tipp von mir: Wenn du mal tenderst, such dir einen Platz auf dem Dach des Tenderboots. Von hier aus schießt du die schönsten Fotos deines Kreuzfahrtschiffs, denn kein Kran drängt sich in die Szenerie, kein Großterminal verbaut den Hintergrund!

Vor den Passagieren war die gesamte Küchencrew zum Magdalenenfjord übergesetzt worden und hatte dort ein Barbecue aufgebaut. Alles vom Feinsten, wie hätte es anders sein können? Und natürlich gab es Glühwein. Und es gab Wodka-Pflaume für die Gäste und die – Reiseleiter. Wir sollten ja mit den Gästen anstoßen.

Muss ich eigens betonen, dass ich an diesem Morgen keine große Lust auf Wodka hatte?

Als alles aufgebaut war, kamen die Gäste mit den Tenderbooten. Und weil die Überfahrt, das Tendern, nichts kostete, wollten natürlich alle 600 Gäste zum Landgang rüber aufs Eis. Das verlangte einiges an Organisation (und verursachte leichte Kopfschmerzen), zumal strenge Regeln auf Spitzbergen genau vorschreiben, was du darfst und was du nicht darfst.

Ehrlich: Es ist leichter, einen Bienenschwarm zu dressieren, als eine Meute von 600 Kreuzfahrern zu beaufsichtigen.

In den Sommermonaten, wenn die Kreuzfahrtschiffe kommen, leben Ranger auf der Insel des Magdalenenfjords. So ist das eben: In den Sommermonaten fährt man ins Eis, und in den Wintermonaten flieht man in die Tropen.

Die Ranger und wir Reiseleiter sorgten dafür, dass sich niemand von der Anlegestelle entfernte. Erlaubt sind gerade einmal einige dutzend Meter, um die Natur nicht zu stören. Natur heißt dort auch: Eisbären. Und Eisbären heißt nun mal: Gefahr!

Genauso ist Rauchen strikt verboten. Aber wie ihr euch vorstellen könnt, hat sich niemand, aber auch gar niemand daran gehalten. Was soll ich sagen: Schon damals, als Umweltschutz noch nicht vollständig ausbuchstabiert war und eher für eine Marotte einiger Ökospinner gehalten wurde, fand ich es eine ziemliche Sauerei.

Nebel zog auf, das Wetter wurde schlechter. Und auf einmal, nach zwei, drei Stunden Grillen und Feiern, dröhnte das Typhon der *MS Lady* zu uns herüber. Das Schiff teilte uns mit: »Macht, dass ihr da wegkommt!«

Wie immer: Frauen und Kinder zuerst, dann die restlichen Gäste und schließlich das Küchenteam. Mein Gott, was für eine Arbeit für ein paar wenige Stunden Spaß!

Ganz zum Schluss sind wir alles abgegangen und haben die Zigarettenkippen eingesammelt. Und deine Heidi hat leise Abschied genommen von diesem bezaubernden Fleckchen Erde.

Tender-Tage sind wirklich sehr anstrengend. Alle sind aufs Äußerste gefordert, vor allem aber meine »Jungs«, die Matrosen. Ich war begeistert von diesen Männern.

Der Höhepunkt der Reise war vorbei. Nun folgten nur noch Geiranger, Nordkap, Bergen, dann ging es wieder zurück nach Bremerhaven.

Nachtrag

Wenn du mal ein Typhon hören möchtest, hier findest du es: https://bit.ly/schiffshorn

CREW-SHOW UND ANDERE KURIOSITÄTEN

Immer nur Kaviar macht auch nicht satt – auf Dauer schmeckt selbst das Schlaraffenland fad und schlapp. Nach einem halben Dutzend Reisen Richtung Norwegen und Spitzbergen schimmelte ich allmählich vor mich hin.

Das Meer sah immer gleich aus, Spitzbergen sah immer gleich aus, das Schiff sah immer gleich aus. Selbst die Gäste ähnelten einander. Ob du es glaubst oder nicht: Nicht nur der Landgasthof Obermeier im Allgäuer Musterländle kennt Stammgäste, nein, auch auf Kreuzfahrtreisen gibt es sie, die Menschen, die vier-, fünfmal dieselbe Route buchen. Jeder, wie er's mag … Mir, wie gesagt, kroch die Langeweile ins Gemüt, ich brauchte dringend Abwechslung.

Wir Widder, du erinnerst dich, sind die Eroberer. Ich, der dreifache Widder, entdeckte mein Talent für die Bühne, ich stürmte die Schiffsbühne.

»Mach du den Blöden!«

Das Schlimmste, das wirklich Allerallerschlimmste, was auf einer Kreuzfahrt eintreten kann, ist die Langeweile.

Ja, ich weiß schon: Die auf der Titanic haben das anders gesehen. Aber unter normalen Umständen ist der Lagerkoller bei der Crew ähnlich gefürchtet wie ein Eisberg auf Kollisionskurs. Und zwar deshalb …

Wenn dem Gast langweilig wird, kommt er auf seltsame Ideen. Wir von der Besatzung müssen das auffangen. Wir müssen erkennen, wenn sich bei einem Gast der Erwartungsdruck staut. Dann müssen wir das Ventil finden und den Druck entweichen lassen. Wir sind dafür zuständig, dass dieses eine nicht eintritt: Langeweile. Langeweile ist ein gefürchteter Virus. Deswegen sind wir zum Beispiel immer gut gelaunt und verbreiten eine dufte Stimmung.

Gegen die Langeweile an Bord gibt es erst einmal ein Rundum-Sorglos-Paket an Unterhaltung. Es treten professionelle Zauberer und Musiker auf, Theateraufführungen und Bingo-Abende heben die Stimmung, im Casino dreht sich das Rouletterad, an Deck lockern die Gäste steif gewordene Glieder, im Fitnessraum schwitzt man die Kalorien des Buffets weg, die Teilnahme am Kapitänsdinner lässt die Augen glänzen ... Wer will, findet rund um die Uhr Ablenkung. Aber mit dieser Ablenkung ist es so eine Sache.

Psycho-Effekt

Gäste eines Kreuzfahrtschiffes buchen vierzehn Tage Luxus. Auf Luxus haben sie Anspruch, Luxus erwarten sie. Und zum Luxus gehört, dass sie unterhalten werden wollen. Aber wie gesagt: Ausschließlich Kaviar macht auch nicht satt; und immer nur Unterhaltung befriedigt auch nicht die Instinkte. Für die niederen Instinkte gibt es die Crew-Show. Lass mich dir erklären.

Wer im Luxus schwimmt, muss sich stets vergewissern, dass es ihn noch gibt, den Luxus. Dass er nicht verschwunden ist und dass der Gegenwert für die Buchung der Reise noch existiert.

Jeder Gast weiß: Nach sieben, nach zehn, nach vierzehn Tagen, am Ende der Reise ist Schluss mit lustig – bis dahin aber gilt's. Da will er das volle Programm, das Maximum zum Preis.

Dass er zu Hause in Niederkaltenkirchen vielleicht nur die kleine Nummer ist und hauptberuflich Bleistiftspitzertütchen ausleert, braucht an Bord niemand wissen. Muss auch niemand wissen und ist auch schnurzpiepegal. Er, der luxusbuchende Gast, ist vierzehn lange Tage König in der überschaubaren MS-Kreuzfahrtschiff-Welt. Doch sobald er sich an den Luxus gewöhnt hat, droht Gefahr. Die Gefahr des Gewohnten. Das Gewohnte ist der Bruder des Gewöhnlichen, also: Doppelgefahr! Und so zündet eine neue Stufe, und für Abstand wird gesorgt. Für Abstand zwischen »wir hier oben« und »ihr da unten«. König und Untertan. Abstand schafft der Mensch, indem er auf vermeintlich unter ihm Stehende herabblickt oder, im subtilsten, im kultiviertesten Fall, über sie lacht.

Ich weiß, das hat jetzt etwas gedauert, aber nun bin ich am Ziel meiner Erklärung. Jetzt kommen wir von der Besatzung ins Spiel mit unserer Psychohygiene-Aufgabe: Wir lassen den Gast über uns, die Crew, lachen.

Freak-Show

Mit anderen Worten: Wir bieten uns als Beute an, die nicht gefressen wird. Triebabfuhr, heißt das vornehm-wissenschaftlich. An Bord existiert dafür ein eigener Begriff: die Crew-Show!

Auf der *MS Lady* und auf jedem anderen Kreuzfahrtschiff präsentieren Crew-Mitglieder ihre Talente oder das, was sie dafür halten. Hauptsache, es wirkt entweder ziemlich gut oder eignet sich zum Lachen.

Unsere philippinischen Kollegen konnten wahnsinnig gut singen, andere drehten tolle Pirouetten, nicht wenige konnten Gitarre spielen oder, wie die ukrainischen Matrosen, Wodka trinken auf professionellem Niveau. Aber das taugte nicht so recht als Bühnenshow. Ist auch einfach zu langweilig, anderen beim Trinken zuzuschauen, nicht wahr?

Ja, und manche brachten Sketche zur Aufführung.

Wegen meiner Größe hatte ich während der ersten Reisen nie mitmachen wollen. Auf der einen Seite Komplexe und andererseits: Was hätte ich schon zeigen können? Lisa wusste Rat.

Am Ende einer Crew-Show (»Freak-Show« nannten wir sie unter uns) brachte die Besatzung einen Song zum Besten: »If I were not upon the sea« wurde gesungen und in einer Art szenischer Darstellung aufgeführt. »Was würde ich machen, wenn ich nicht zur See fahren würde?« Ich entschied mich für den Taxifahrer, und wenn du mutig genug bist, schaust du dir jetzt an, was daraus wurde. Hier kommt der Link, und bei Minute 4:11 betritt deine Heidi von Bahlingen die Bühne.

http://bit.ly/freaky-show

Bretter, die die Welt bedeuten

Was soll ich sagen? Es machte Riesenspaß und war immer megalustig, vor allem hinter der Bühne. Trotz Lampenfiebers.

Alte Künstlerweisheit: wenn Lampenfieber, dann ein Glas Sekt. Oder auch zwei. Na gut, noch ein winziges Schlückchen, stopp! nicht zu viel, ich muss noch auf die Bühne. Ok, ok, hast ja recht, wenn die Flasche schon mal offen ist ... Wir hatten jedesmal besonders hohes Lampenfieber, das besonders intensiv bekämpft werden musste.

Auf die Bühne führten zwei Eingänge. Ausnahmslos immer auf der gegenüberliegenden Seite warteten meine Jungs, die Matrosen vom Mooring-Deck. Weil sie diesen ganz speziellen, von mir so heißgeliebten Duft mitbrachten, gesellten sich die anderen nur ungern zu ihnen, um auf ihren Auftritt zu warten; den Matrosen gehörte die andere Seite ganz allein.

Das hatte so seine Tücken, denn niemand passte auf sie auf, keiner gab ihnen das Signal »Bühne frei!« Irgendwie gehörten sie nur so am Rande dazu, und deshalb verpatzten sie immer und immer und kamen immer zu spät auf die Bühne. Deshalb und wegen des Gläschens Wodka gegen's Lampenfieber.

Zweimal habe ich mir das angeschaut, ab dann kümmerte sich mein Mutter-Theresa-Herz um die Sailors. Ich sorgte dafür, dass sie richtig angezogen waren, nicht soooo viel Wodka tranken und vor allem zum Einsatz auf der Bühne standen.

Meine Kollegen schüttelten ausgiebig ihre Köpfe und fragten, wie man es nur in diesem Gestank aushalten könne? Gestank? Für mich war das mein Lieblingsparfüm!

Sister Act

Sofort nach dem ersten Auftritt, als das Adrenalin noch durch die Adern schoss wie ein Kanu durch slowenische Canyons, war klar: Ich hatte meine neue Bestimmung gefunden! Von nun an gab's kein Halten mehr.

Außer einen Taxifahrer mimte ich die wildgewordene Nonne aus Sister Act (Whoopi Goldberg wäre vor Neid erblasst). Bei diesem Auftritt hat sich der Kapitän vor Lachen einmal beinahe die Uniform beschmutzt.

Ich nahm an Sketchen teil und tanzte den *Time Warp* aus der Rocky Horror Picture Show:

It's just a jump to the left
And then a step to the right
With your hands on your hips
You bring your knees in tight

Leider gibt es von diesem Auftritt keinen Mitschnitt. Ich muss dich also bitten, mir zu glauben: Ein neuer Star am Varietéhimmel war geboren!

DIE NEUEN KOMMEN

Schon auf dem Weg zum Frühstück höre ich durch den Gang den Tumult in der Futterkrippe! Die Gerüchteküche kocht über, alle reden wild durcheinander: »Die von der *Countess* kommen zu uns!«

Die *MS Countess* ist das Schwesternschiff der *MS Lady*. Die Reederei hat den Vertrag nicht verlängert, hat die Countess verkauft, die Reiseleiter sollen auf die *MS Lady* wechseln, auf unser Schiff.

Oh je!, schießt es uns durch den Kopf: Ob das mal gut geht? Die *MS Countess* ist das Fun-Schiff der Flotte, das Spaß-Boot – ob das wohl zum seriösen Publikum der *MS Lady* passt?

Meine Kollegen rümpften skeptisch die Nase. Ich indes war gespannt.

Liebst du mich? fragt Eva den Adam, und Adam antwortet: Wen sonst?

Sämtliche Crew-Mitglieder dieser Welt sind durch Magie miteinander verbunden. Sie eint das Paradies des Arbeitsplatzes – und die manchmal seufzen lassende Erkenntnis, dass es selbst im Paradies Tage gibt mit Gewitter und Donner: Wenn Menschen aufeinander treffen, weiß man nie, was passiert.

Ich, Klein-Heidi, Reiseleiterin und Widder-Pionier kraft Geburt, hatte sofort Riesenspaß mit den Neuen! Als erstes verpasste ich jedem einen Beinamen. Markus etwa trug das Herz am rechten Fleck, Markus mochte Männer, Markus sprach mit Allgäuer Dialekt (was so viel bedeutete: Wir besaßen eine gemeinsame Heimatsprache), Markus und ich waren von Anfang an ein Herz und eine Seele. Markus wurde mein »Wurzelsepp«.

Für Markus »Wurzelsepp« war alles ein Spaß: Arbeit, Crew-Show, Kostümparties, die Crew-Parties und sogar der *Foodbazar*, bei dem das Schiff in eine Markthalle verwandelt wird mit zahllosen Ständen – etliche davon, wie könnte es anders sein, mit Spezialitäten aus den unterschiedlichsten Ländern. Ich machte gute Miene zum Spiel, warf mich in meinen Leichtmatrosenanzug und begab mich ins Schlepptau von Wurzelsepp, der in Lederhose einfach »krachert« aussah, wie das in Bayern heißt. Heute noch treffen wir uns regelmäßig, und noch immer, selbst nach all den Jahren, ist es lustig.

Mit der neuen Crew kam auch Ernst an Bord. Ernst mit dem Wiener Schmäh. Ernst heißt wie mein leiblicher Vater und ist genauso alt. Was blieb mir also anderes übrig? Ernst wurde umgehend von mir als Schiffspapi adoptiert!

Sämtliche Crew-Mitglieder dieser Welt sind durch Magie miteinander verbunden, habe ich gesagt.

Ausnahmen bestätigen die Regel.

ÄRGER IM PARADIES

Seit die Crew der *MS Countess* an Bord ist, ist alles anders auf unserem Schiff. Es geht lustiger zu, lockerer und nicht mehr so angespannt.

Es gibt nur einen dicken Wermutstropfen. Wir haben eine neue Kreuzfahrtleiterin, eine Holländerin. Sie mag mich nicht, und ich mag sie nicht. Das wird zum Problem.

Ein paar Impressionen »Vorurteil«

Holländer sind weltoffen. Holländer sind freundlich, fröhlich, laut und lustig. Wer einmal außerhalb von Fußballstadien auf Holländer gestoßen ist, ahnt, dass der Kern der Holländer-Seele *Lebenslust* heißt. Wenn diese Einschätzung nur halbwegs zutrifft, muss im Leben dieser Dame etwas schiefgelaufen sein.

Madame Holland versucht alles, um mich loszuwerden – fehlte nicht viel, und sie würfe mich über Bord. Dabei habe ich mich doch so sehr auf meine erste Atlantiküberquerung gefreut, auf Kanada, New York, New Orleans, die Bermudas, die Bahamas und überhaupt: die Karibik. Und dann kommt diese Zimtzicke.

Ich war voller Spannung. Endlich mal keinen Geirangerfjord, kein Irland, kein St. Petersburg. Statt dicker Jacken war Uniformcode *Tahiti* angesagt. Das heißt, alles in Weiß! Ein Traum!

Doch da fängt es schon an. Meine holländische Vorgesetzte trägt keine korrekte Uniform, hat die Jacke immer offen, vergisst die Strumpfhosen, denkt aber, sie sei die Königin am Bord. Königin der Trampeltiere vielleicht. Und ich bin für sie das Oberkamel, trage alle Last; an mir arbeitet sie sich ab. Wie sie das macht, dazu komme ich im nächsten Kapitel.

DIE HOLLÄNDERIN

Dienstplanbesprechung. Wir saßen im Büro des Reiseleiters, Wurzelsepp, Schiffspapi, Christina und all die anderen, deren Namen ich nach mehr als zwanzig Jahren leider nicht mehr weiß. Und natürlich unser neuer Oberboss, die Holländerin.

Noch war alles in bester Ordnung. Personalwechsel während einer Reise bringt zwar immer etwas Sand ins Getriebe, aber mit unserer Professionalität würden wir die anfänglichen Unsicherheiten rasch hinter uns lassen. Denkste, Puppe!

Die Holländerin residierte in ihrem Sessel und verstieß gegen jegliche Etikette. Hatte die Uniformjacke offen und keine Strümpfe an. Sie sei Gästebetreuerin in einem großen Hotel gewesen – das betrachtete sie wohl als hinreichende Qualifikation. Noch war ich still, noch gab es für mich keine Einwände, denn noch war es nicht allzu lange her, dass ich an jeglicher Einstellungshürde gescheitert war – wegen mangelnder Erfahrung.

Es gibt Menschen, die haben einen untrüglichen Instinkt für die Schwächen anderer. Sie wittern im Raum, erschnuppern Angst oder Unwohlsein und nutzen das aus. Von nun an hast du einen Stempel, ein Etikett, das an dir klebt und sich nie wieder abziehen lässt. Die Holländerin sah mich an, ihre Augen ruckelten hundertneunundvierzig Mal nach unten, Zentimeter für Zentimeter, und nahmen, am Boden angekommen, die Fahrt nach oben wieder auf. Dann fasste sie meine Augen in ihren

Blick und schoss ein paar Salven Ablehnung in meine Richtung. Würde mir das heutzutage passieren, würde ich das Spiel umkehren und mein Gegenüber ebenfalls mustern oder auf die Nasenspitze meines Gegenübers schauen – eine sehr, sehr wirksame Waffe: Du glaubst nicht, wie rasch du damit Menschen verunsichern kannst, wenn du ihnen nicht genau in die Augen schaust! Damals aber erschrak ich. War was falsch an mir?

Natürlich war nichts falsch *an mir*, nur ich persönlich passte ihr nicht in den Kram, aus welchen Gründen auch immer. Christina wurde ihr Liebling, Wurzelsepp und Papi tolerierte sie. Mich ignorierte sie konstant, meine einzige Reaktion darauf war, freundlich zu bleiben. Was fiel mir das schwer!

Als die Besprechung zu Ende war, versammelten wir uns kurz in der Bar. »Was war jetzt das gewesen?«, fragte Christina, die ebenfalls neu an Bord gekommen war, eine extrem dunkelhaarige, extrem hübsche junge Spanierin, der ich zur Seite stehen und helfen sollte, sich einzugewöhnen.

Genau! Was war jetzt das gewesen? Wir schnappten nach Luft, verschafften uns Luft und lästerten, was das Zeug hielt. Wurzelsepp konnte perfekt ihren Dialekt nachmachen, Papi hatte ihr sofort den Kosenamen *Trampeltier* verpasst, und für mich war sie einfach nur »la stupide Madame Holland«, die blöde Frau aus Holland, kurz: *Madame Holland*.

Verachtung im Arbeitscamp

Madame Holland hatte mich auserkoren, ich war der Mensch, an der sich die 1,80 Meter große blonde blauäugige Walküre abarbeitete. Ab sofort lagen sämtliche unangenehmen Aufgaben in meiner Obhut – auf Befehl von Madame. Gangway-Dienst, Shuffleboard, Bingo.

Ich war gekränkt und ärgerte mich; ich tobte (leise), und als ich nicht mehr an mich halten konnte, stürmte ich in ihr Büro, Windstärke 11 bis 12.

»Was, in Gottes Namen, hast du gegen mich?«, wollte ich wissen. So sind wir Widder: Wir attackieren, weil wir nicht anders können. Zurückhaltung verwechseln wir mit Niederlage, in jeden Kampf begeben wir uns mit einem Maximum an Energie, egal, ob wir einen Strohhalm knicken oder einen Amboss in die Nachbarschmiede tragen müssen. Das Schlimme daran ist: Wir denken uns nichts dabei, das ist unser Naturell. Dass man auch anders ans Ziel gelangen kann als durch Attacke, steht uns als Konzept nicht zur Verfügung. »Sag schon: Was hast du gegen mich?« Und bumm!

Madame Holland legte langsam den Stift auf den Schreibtisch, faltete die Hände und sah mich an.

»Ich habe noch nie einen so hässlichen Menschen gesehen.«

Das saß. Mit diesem einen Satz hob sie mich komplett aus dem Gleichgewicht. Es ging gegen mich persönlich. Falls ich gedacht hatte, wir könnten die Missstimmung zwischen uns aus der Welt schaffen, hatte ich mich getäuscht. Jegliche Sachlichkeit war fortgeschwemmt durch den Tsunami eines einzigen Satzes. Aber Madame Holland war noch nicht fertig.

»Du bist zu klein, dein Busen ist zu groß. Nimm gefälligst ab, damit dieses Fettgewebe verschwindet. Keine Ahnung, wie du den Job bekommen konntest!«

Dieser Angriff warf mich aus der Bahn. Ich schnappte zurück, nein, ich bellte, ich brüllte, ich warf mich auf sie mit einem Ausbruch, der mindestens genauso ungerecht und unprofessionell war wie der ihre. Ich steigerte mich in Rage.

Was ihr einfalle, ob das ihre Art von Kollegialität sei, kein Mensch könne sie leiden, die Gäste nicht und die Crew genauso wenig, und zieh dir mal gefälligst Strümpfe an, du Trampel (ich sagte wirklich »Trampel«), du brettflache Puppe bist doch nur eifersüchtig auf meine Weiblichkeit ...

Aus meinen Ohren und Nüstern schoss Dampf, ich hätte beim »Further Drachenstich« den geschuppten Hauptdarsteller geben können, so sehr explodierte meine Wut in den kleinen

Raum. Die Wände glühten, die Schrauben an den Bullaugen zitterten – knallrot im Gesicht, verließ ich ihr Büro und rannte in die Crew-Bar, den Ort, wo ich mir Hilfe, Trost und Verständnis holen wollte.

Ich lief nicht allein. Larry, unser Hoteldirektor, hatte den Streit von seinem Büro aus mit anhören müssen. Als ich die Kabinentür ins Schloss knallen ließ, war auch er aufgesprungen und kam nun hinter mir her. »Was ist los?« Am ganzen Körper zitternd, berichtete ich ihm, was vorgefallen war.

Larry, unser »Big Daddy«, war streng, aber gerecht. Unprofessionalität war ihm verhasst – seinen Job zu tun galt ihm als die Basis. Wenn du deinen Job erledigst, wie es sich gehört, hat er mal gesagt, dann hast du bei mir Spielraum.

Larry hörte sich an, was ich zu erzählen hatte, dann beauftragte er Madame mit einer Durchsage. Sie solle den Gästen mitteilen, wo wir uns gerade befanden und wann wir New York erreichen würden. Doch da beging Madame einen Fehler. Statt wie befohlen die Durchsage von der Brücke aus zu machen, begab sie sich zur Rezeption. Das Mikro an der Rezeption aber war den Notfällen vorbehalten.

Konsequenzen hatte das zunächst nicht, aber bestimmt kam die Missachtung des Befehls ins Sparkästchen für schlechtes Benehmen. Wann würde es voll sein? Wann würde Madame einen Fußtritt bekommen und über Bord gehen?

Ich wollte, ich könnte sagen, dass mich mein Freund und Larry hatten aufmuntern und trösten können. Mein Temperament war plattgebügelt und kehrte sich nach innen. Zweifel nagten an mir wegen meiner Größe, meines Aussehens, meiner Körbchengröße, meines Wesens. Zu viel Fettgewebe? Das ließ sich ändern. Ich begann zu fasten.

Eine Nacht drüber schlafen, raten die Klugen, Abstand hilft. An einem Wochentag ohne besondere Vorkommnisse kenne ich all die Weisheiten, aber ich steckte mitten drin im Hexenkessel, der vor sich hin brodelte und mich unangenehm verzauberte. Meine Unbekümmertheit verwehte, statt Freude spürte ich Enge, das Schiff wurde zur Last, das »Paradies« war auf dem Boden der Wirklichkeit angekommen. Einer unangenehmen Wirklichkeit. Ich fastete, und wenn ich sage »fasten«, meine ich »fasten«. Nulldiät. Ich mied die Futterkrippe, fand Ausreden, wenn ich nicht zum Essen erschien, mein Busen blieb, wie er war, nur meine Kräfte schwanden, und eines schönen Morgens klappte ich während des Frühsports zusammen. Ich kam ins Hospital.

Der Arzt verpasste mir Infusionen und eine Standpauke. Die Mischung aus Therapie und Zuspruch baute mich auf, ich wusste ja, dass an mir alles in Ordnung war, Madame hatte mich nur aus dem Gleichgewicht gebracht. Wurzelsepp und Schiffspapi saßen an meinem Bett, hielten mir die Hand und gaben zu verstehen, dass der Zwischenfall höheren Ortes mit hochgezogener Augenbraue zur Kenntnis genommen worden war.

Fünf Infusionseinheiten später war ich wieder bereit für Frühsport und feste Nahrung. Der kleine Rebell von Bahlingen hatte Energie gesammelt, hatte sich an die überstandenen Demütigungen aus Kindertagen erinnert und daran, dass bis hierher immer alles seinen Weg genommen hatte. Apropos Weg: Das einzige, was ich fürchtete, war, wenn Madame und ich uns über den Weg laufen würden. Und da wir nicht im Dschungel vom Amazonas unterwegs waren, würde das recht bald passieren.

Der Moment kam, der Moment ging vorüber. Madame begegnete mir distanziert freundlich, nur von einer Bitte um Entschuldigung war sie so weit entfernt wie Donald Trump von der

Wahrheit. Es war ein schwieriger Moment, denn auch ich hatte allen Grund, um Verzeihung zu bitten – wer weiß, wie sich unser Verhältnis dann entwickelt hätte. Aber Madame hatte sämtliche Ebenen verlassen, jegliche Grenze verletzt, die berufliche wie die persönliche, es war an ihr, den ersten Schritt zu tun. Sie tat ihn nicht, und Klein-Heidi verrichtete wieder ihre Arbeit, die geliebte wie die ungeliebte. Ich gesundete.

An den Gästen war der Zinnober natürlich nicht unbemerkt vorübergezogen. Die herzliche, die leichte Stimmung von einst hatte sich verflüchtigt, die Beschwerden mehrten sich, erst leise, dann, wie Lawinen das so an sich haben, schwollen sie an. Madame erhielt ihre erste Abmahnung.

Hat sie das getroffen? Schwer zu sagen. Vielleicht waren in ihrer DNA ein paar Stränge *Trotz* eingraviert, jedenfalls kleidete sie sich weiterhin ohne Rücksicht auf die dienstliche Kleiderordnung und blieb den Gästen gegenüber reserviert. Nie ein nettes Wort.

Dann spülte es jenen letzten Tropfen, der ein Fass zum Überlaufen bringt, an Deck. Ums genau zu sagen: Madame selbst war dieser Tropfen, und sie ließ ihn langsam über den Rand des Fasses kriechen am Abend des Galadinners, des Käpt'ns Dinner.

Eine Frau weiß, wie sie einen öffentlichen Auftritt gestaltet. Sie weiß ums exakte Timing und wie sie die Aufmerksamkeit auf sich lenkt. Irgendetwas von diesem Wissen muss Madame geleitet, vielleicht sogar getrieben haben; aber mit ihrem Erscheinen beim Dinner beging sie, bildlich gesprochen, beruflichen Selbstmord.

Der Abend war angebrochen, ein letzter Streifen Tageslicht lag zwischen Horizont und Wasser. Wir warteten in der Bar, einzig Madame fehlte, wir begrüßten die Gäste und übten uns in lässigem Geplauder. Ich durfte mich jenen Gästen widmen, die zum Tisch des Kapitäns geladen waren, was für mich eine Auszeichnung bedeutete. Dann erschien der Kapitän, die freudige

Spannung verdichtete sich, und wir hätten hinüber wechseln können ins große Restaurant fürs Galadinner.

Da rauschte Madame herein.

Madame erschien in Hose und langärmeliger Bluse, wo doch Rock angesagt war; Madame erschien fünf Minuten nach dem Kapitän, der traditionell der Letzte sein sollte, der auf einem Fest erschien. Madame tauchte auf wie die dreizehnte Fee in »Dornröschen«, bereit, die geplante Feier über den Haufen zu schmeißen. Sämtliche Blicke wanderten zu ihr, Madame Holland nahm das wie selbstverständlich hin. Unser Kapitän erwies sich als Souverän und rief in seiner freundlich-verbindlichen Art dazu auf, ihn ins Restaurant zu begleiten; der Abend könne beginnen. Für mich aber begann der Abend mit einem rasenden Spurt in die Crew-Bar. Was gerade eben passiert war, war so ungewöhnlich, das musste die Crew sofort erfahren. Wir hatten ein Thema des Tages, ein Thema der Woche – wir hatten *das* Thema schlechthin. Eure Klein-Heidi aber wusste genau, am letzten Tag bei der Ausschiffung in Nizza würde *sie* den Gangway-Dienst übernehmen.

FREIHEITSSTATUE

»America – home of the brave«, Amerika, Heimat der Mutigen, der Tapferen: wir kommen!

Wir hatten in Bremerhaven abgelegt, wir befanden uns auf dem Weg nach New York, und auf dem Schiff kursierte eine neue Parole: »General cleaning! General cleaning!« Mit anderen Worten: Generalreinigung – Großreinemachen!

Wenn du zu Hause für die Sauberkeit zuständig bist, wenn du eine leise Vorstellung hast, wieviel Staub ein Drei-Personen-Haushalt in die Welt setzt, wenn du also schon über das Durcheinander in einer Vierzimmerwohnung stöhnst, über das Chaos, das ein, zwei niedliche Enkelchen verursachen können – dann hast du immer noch nicht den Hauch einer Ahnung, was in dieser Hinsicht auf einem Schiff los ist. Auf einem Schiff mit 295 Kabinen, mit 656 Passagieren und 250 Besatzungsmitgliedern.

Und warum schreibe ich das jetzt?

Für die Einreise nach Amerika musste das Schiff tip-top sauber sein. Das wollten die Amis so. Es gab ein bestimmtes Punkte-Hygienesystem, sobald wir genügend Punkte auf dem Konto hatten, durften wir in New York einlaufen. Aber noch war es nicht so weit. Noch lange nicht.

Bevor wir die Freiheitsstatue begrüßen konnten, schipperten wir in zwei Tagen von Bremerhaven nach Cobh in Süd-Irland. Das Städtchen liegt an einem Hang, hat deshalb einige sehr, sehr steile Straßen und gilt als typisch irischer Ort. Typisch heißt wohl: wie wir Deutschen uns Irland so vorstellen, unabhängig davon, ob dem so ist oder nicht.

Natürlich ist auch an der grünen Insel, dem Land der Dichter, der Wandel der Zeit nicht spurlos vorübergezogen. Cobh hatte in dieser Hinsicht in gewissem Sinne Glück, für das aber wirtschaftliches Pech verantwortlich ist. Der Aufschwung in den neunziger Jahren hatte zwar die Region erfasst, doch die Stadt mit ihren 12.000 Einwohnern ließ er links liegen. Und so konnte sich Cobh mit seinen grellbunt gestrichenen Häuser im Hafen und der granitfarbenen St.-Colman-Kathedrale seinen »irischen« Charakter bewahren. Übrigens: St. Colman beherbergt Irlands einziges Glockenspiel.

Vor hundert Jahren gehörte Cobh noch zum Vereinigten Königreich, damals hieß es Queenstown, der Königin zuliebe. Am 11. April 1912 um 11:30 Uhr ging hier ein Schiff auf Reede, das im Hafen keinen Platz fand. 274 Passagiere enterten das Schiff, 22 andere, die nur die Passage über den Ärmelkanal gebucht hatten, verließen es. Vier Tage später, am 15. April 1912, sank das Schiff und wurde zu einem Mythos, der die Jahrhunderte überdauern wird. Das Schiff hieß *RMS Titanic*, und Cobh war der letzte Hafen, der angesteuert worden war vor der Passage nach Amerika.

Ich gestehe, mir war etwas mulmig zumute, als wir Cobh Richtung Atlantik, Richtung Freiheitsstatue verließen, und abends, an der Reling stehend mit Blick auf den Sonnenuntergang über dem Meer, versuchte ich mir vorzustellen, welche Gedanken und Gefühle jene 22 Menschen wohl bewegt haben musste, die dem Teufel buchstäblich von der Schippe gesprungen waren in Cobh, Irland.

Der Atlantik meldet sich

Cobh lag meilenweit heckwärts, um uns tobte das Meer. Vier lange Tage auf See, und ich erlebte zum ersten Mal einen richtigen Sturm mit Windstärke 8.

Bei Stärke 8 fegt der Wind mit 60 km/h bis 75 km/h. Hört sich nicht so dolle an, ist aber mächtig, Windstärke 8 wird offiziell als *stürmischer Wind* bezeichnet. Ob nun 7 oder 8 oder 9 – ich fand's toll! Und Markus, genannt Wurzelsepp, mein neuer Kumpan für die lustigen Seiten des Lebens, fand es ebenso befreiend. Je höher die Wellen kamen, desto mehr freuten wir uns. Wurzelsepp ging mit mir auf die Brücke. Dort zogen wir die dicken Parkas an, die eigentlich der Kälte von Spitzbergen vorbehalten waren, dann durften wir nach draußen – aneinander gebunden! Der Zweite Kapitän hielt uns fest, denn eigentlich war es verboten, keinesfalls durfte der Erste Offizier, also der Kapitän, wissen, dass wir hier möglicherweise unser Leben riskierten.

Markus und ich, wir waren in unserem Element, der Sturm zeigte sämtliche Facetten. Es gab Wellen, die das Schiff hoben und wieder abtauchen ließen, ganz wie in einer Achterbahn von oben nach unten; es gab Wellen von links nach rechts, die ziemlich übel waren und das Schiff quer trafen. Kein einziger Passagier kam an Deck, sie lagen alle in ihren Kabinen, und der Arzt hatte Hochkonjunktur.

In der Nacht wurden wir am Bett festgeschnallt, damit wir nicht rauskullerten. Alles musste auf den Boden gestellt werden, der Fernseher, die Aschenbecher, alle beweglichen Gegenstände.

Für uns Reiseleiter bedeutete der Sturm so etwas wie Urlaub, denn wir konnten nichts tun – sämtliche Programme bargen Risiken bei diesem Wellengang. Doch auch dieser Sturm ging einmal zu Ende, wir erreichten St. John's auf der Insel Neufundland vor Kanada.

Landgang

Hab ich schon mal erzählt, dass alle Schiffsreisenden anfangs ziemlich wackelig auf den Beinen sind, wenn sie nach ein paar Tagen auf See an Land gehen? Das liegt daran: Selbst auf einem nur sanft schwankenden Schiff stakst man breitbeinig umher, um die Schwankungen aufzufangen, man gewöhnt sich den Schiffsgang an, und das im Innenohr versteckte Gleichgewichtsorgan »denkt«, *Schwanken* sei das neue Normal. Hat man dann wieder festen Boden unter den Füßen, kann das Gehirn nicht so schnell umschalten, und man watschelt. An mir fiel das nicht besonders auf, da ich ja wegen meiner Knochenkrankheit sowieso ein bisschen im Entengang durchs Leben gehe.

Auf Neufundland war es wie eigentlich immer: Eine Kreuzschiffahrt findet im Bus statt – jedenfalls wenn man irgendwo vor Anker geht und Landausflüge anstehen. Ich durfte den Ausflug nach Cape Spear begleiten, etwas südlich von St. John's, jenen weißen Leuchtturm vor einer dunkelblauen See. Der Wind zauste an den Haaren und trieb Tränen in die Augen. Mehr war nicht. Mit Leuchttürmen ist das so eine Sache: Kennst du einen, kennst du alle.

Weiter ging's zum Fischerdorf Petty Harbour am Ostufer der Halbinsel Avalon. Magischer Name. Witzig: Wenn jetzt sämtliche Menschen von Bord gegangen wären, alle Passagiere und jedes Besatzungsmitglied, wären wir von der *MS Lady* in der Überzahl gewesen, denn das seiner malerischen Häuser wegen beliebte Dorf an der Küste zählt weniger als 1.000 Einwohner. Längst schon ist Hollywood hier gewesen und hat Filme gedreht. *Orca, der Killerwal* (1977) ist der wohl bekannteste Streifen.

Ein neuer Tag auf See, dann erreichten wir Halifax. Und wieder: Busfahrt! 100 Kilometer nach Lunenburg, ein Ganztagesausflug. Im alten Fischerhafen gab's zum Mittagessen kanadischen Hummer. Das war dann aber auch schon der Höhepunkt für uns Reiseleiter, denn eine unserer vornehmsten Aufgaben war die Kontrolle der örtlichen Reiseleiter. Wurde das Programm eingehalten? Waren die Infos korrekt? Wurden die Infos unterhaltsam vermittelt? Eine unangenehme Geschichte, wie ich finde, die so gar nichts mit meiner eigentlichen Aufgabe zu tun hatte. Es war ein langer, langer Tag in Lunenburg mit der Folge, dass die Nacht entsprechend kurz geraten sollte. Mir würde am nächsten Tag der Schlaf fehlen, hier mussten bewährte Tricks herangezogen werden.

Das Geschaukel vom Bus und die Stimmen der Reiseleiter wirken auf mich wie eine sanfte Dosis Diazepam, das ehemalige Valium: Sie beamen mich in den Modus »tiefenentspannt«. Natürlich wurde Schlummern während der Arbeitszeit nicht gerne gesehen, aber ich hatte eine dunkle Sonnenbrille, sodass man nicht erkennen konnte, wenn ich ein Nickerchen machte. Und wenn mich tatsächlich einer der Mitreisenden aus meiner »Implosion« herausriss, war ich im Nullkommanichts hellwach und spulte mein Wissen ab – das ich, wie ich dem Gast erklärte, unmittelbar zuvor hinter geschlossenen Augen und dunkler Brille rekapituliert hatte. Was tut man nicht alles für die Kunst ...

Wenn wir abends von den Ganztagesausflügen zurückkehrten, war die Futterkrippe meist geplündert – für uns gab es nichts mehr zu essen. Keine Zeit fürs Lamentieren: Das Abendprogramm steht an, also rasch, rasch! unter die Dusche und schnell, schnell! in die Uniform. Die hieß dieses Mal nicht *Tahiti*, sondern *Bergen* und bestand aus dunklem Rock mit kurzer Bluse. Bei diesen Temperaturen war das natürlich sehr angenehm, außer es war Galaabend, denn dann waren schwarzer Rock, weiße Bluse, weiße Jacke und Fliege angesagt. Oh, wie ich diese Uniform hasste!

Abendessen war also nicht, Verschnaufen war nicht. Es gab eine sogenannte Vorabend-Show kurz vor dem Abendessen und immer versetzt: zuerst für Tischzeit 1, danach für Tischzeit 2. Immer waren zwei Reiseleiter eingeteilt – und ich war immer eine davon. Das hatte ich der neuen Zimtzicke zu verdanken, Madame Holland, die genau gespürt haben mag oder es auch wusste (denn ich konnte ja mein Hirn und meinen Mund nur selten für diplomatische Sätze begeistern): Heidi mag kein Begrüßungskomitee, das findet sie öde.

Madame Holland konnte mich nicht leiden, Madame teilte mich ein, egal ob Vorabendprogramm oder Hauptprogramm. Und immer wieder zum Socializing nach der Hauptshow. Doch mittlerweile kannte ich auch alle Tricks. Ich drehte kurz meine Runden, sagte hallo, hallo – und dann ab in die Crew-Bar in der Hoffnung, dass mich meine liebreizende Vorgesetzte dort nicht entdecken würde.

Die Crew-Bar war der Ort, an dem Privatheit entstand. Von den vielen, vielen Stunden eines Tages, an denen wir den Gästen zur Verfügung stehen mussten, waren die Augenblicke hier unten kostbar. Luft holen, zu Atem kommen, entspannen, nicht freundlich sein *müssen* und auch nicht fröhlich oder gar höflich. Das reinste Schaumbad.

Meist traf ich in der Bar auf meinen Schiffspapi, Mr. Wurzelsepp, und oft fand sich auch der neue Hotelmanager von der *MS Countess* ein, ein lieber knuddeliger Bär aus Südafrika, der von allen nur *Big Daddy* genannt werden wollte. Big Daddy konnte zwar streng sein, meinte es aber nie wirklich böse – mein absoluter Liebling! In der Crew-Bar ließen wir Dampf ab, wir lästerten über nicht anwesende Nervensägen, tauschten Tipps und heckten Streiche aus, wie wir Madame Holland ärgern konnten. Ich weiß, ich weiß: Das klingt nicht wirklich erwachsen und professionell, aber es war – menschlich verständlich, nicht wahr?

Heute Abend war Karaoke angesagt, ein tolles Ereignis, wenn sich unsere Filipinos daran beteiligten, denn die konnten sagenhaft gut singen. Ich traute mich nicht, drückte mich vor dem Auftritt, und um Mitternacht war ich endlich restlos erledigt. Also ab, in die Koje mit dir, Heidi! Um viertel nach sieben warten die Sportler auf dein Knochenbrecherprogramm.

Es schien sich herumgesprochen zu haben, dass der Frühsport bei mir nicht nur Alibi-Funktion besaß, sondern fordernd war und schweißtreibend. Also kamen Tag für Tag Neugierige, die mitmachen wollten. Nach relativ kurzer Zeit hatte ich so viele Leute beim Frühsport, dass ich zwei Gruppen bilden musste, eine um 7:15 Uhr, eine 8:15 Uhr. Sieht man mal von meiner Müdigkeit ab, war ich damals, wie du dir denken kannst, topfit.

Neue Schikane

Wir befinden uns im Jahr 1998. Mark Zuckerberg ist 14 Jahre alt, und statt Facebook (das hatte Zuckerberg noch nicht erfunden) gab es auf der *MS Lady* das Morgenradio. Gute Laune plus Infos plus etwas Musik.

Irgendjemand musste die Sendungen moderieren, und wenn du mich gefragt hättest, hätte ich dir gesagt: »Ich nicht!« Einer war das egal. Sie fragte nicht erst, ob es mir Spaß machen würde, ob ich das könnte, ob ich wollte – nein, sie verdonnerte mich direkt dazu, das Morgenradio zu leiten: Madame Holland. Jeder auf diesem Schiff wusste, dass ich kein Morgenradio machen werde. Lass mich Sandburgen bauen oder Sterne zählen, lass mich Wassertropfen einfrieren oder, wenn's sein muss, Bingo spielen oder Shuffleboard, alles kein Problem. Ich tu alles, nur kein Morgenradio.

Madame war's egal. Es gab einen Riesenkrach mit der sogenannten Kreuzfahrtleiterin wegen der Moderation der Morgensendung. Und ich glaube, an diesem Punkt wurden auch die oberen Etagen aufmerksam und sannen darüber nach, wie die Situation geklärt werden könnte. Denn dass sie geklärt werden musste, war unausweichlich. Konflikte an Bord unter den Angestellten waren Gift fürs Geschäft. Sie würden sich früher oder später auf die Gäste übertragen, es würden sich Grüppchen bilden aus Heidi-Fans und der Madame-Holland-Fraktion, die Gäste würden es genießen wie eine Soap-Opera, bei der sie aus der Rolle der Zuschauer in die der Statisten geraten wären: dabei, aber ohne Mitwirkung. Keine schöne Aussicht.

Ich bekam davon nichts mit, ging Madame so viel wie möglich aus dem Weg und suchte Zuspruch bei Papi, Wurzelsepp und Carmen. Aus lauter Hilflosigkeit alberten wir rum, äfften Madame nach und minderten so den Druck, der auf mir lastete. Mobbing in Reinkultur. Und ich war am Ende meiner Weisheit. Was mich noch aufrecht hielt, war die Vorfreude auf die Freiheitsstatue, war die Aussicht, die Staaten zu bereisen. Am nächsten Tag war es so weit.

In Amerika

Schon vor 9/11, dem Tag des Angriffs auf das World Trade Center, pflegten die Amerika gewisse Eigenheiten, was die Einreise in ihr Land betraf. Andere Länder geben sich vielleicht mit einer Passkontrolle zufrieden, wenn man aber US-amerikanischen Boden betreten wollte, musste man erst einmal beweisen, dass man es wert war. Seltsamerweise haben die Amis als Beleg dafür die Sauberkeit auserkoren, das sogenannte *general cleaning*. Wir trafen auf die USA in Bar Harbor auf der Insel Mount Desert Island, die zum Bundesstaat Maine gehört.

Endlos lange zogen sich die Kontrollen nun schon hin, aber schließlich war es so weit: Wir hatten beim general cleaning annähernd die volle Punktzahl erreicht, genug jedenfalls, um einreisen zu dürfen. An diesem Tag musste ich Gangway-Dienst schieben *(dankeschön, Madame Holland!)* und Borddienst leisten für alle »daheimgebliebenen« Gäste. Von Bar Harbor ist mir nicht mehr viel Nennenswertes in Erinnerung geblieben, deshalb erlaube ich mir an dieser Stelle ein Zitat aus Wikipedia: »Reiche amerikanische Familien wie die Rockefeller und die Astor besaßen in Bar Harbor Ferienhäuser … In Bar Harbor ist zudem der Hauptsitz des *Jackson Laboratory*, eines weltweit als führend geltenden Instituts für die Erforschung menschlicher Krankheiten mit der Hausmaus als Modellorganismus.« Aha!

Den folgenden Tag werde ich nie vergessen! Um halb sechs am Morgen des 21. September fuhren wir an der Freiheitsstatue vorbei! Viele Crew-Mitglieder waren an Deck, es war ein, wie man so sagt, unbeschreibliches Gefühl. Ich versuch's trotzdem mal: Gänsehaut, Stolz und Ungläubigkeit mischten sich zu einer Melange, die mich glauben ließ, alles packen zu können, wirklich alles. Ich glaube, es hätte mir nicht anders gehen können, wenn ich durch die Ringe des Saturn geflogen wäre. Ich, der Rebell von Bahlingen, rauschte an der Freiheitsstatue vorbei. Wenn die kupferne Lady Liberty gewusst hätte, wie sehr sie mir in diesem Moment Symbol war für meinen persönlichen Erfolg, ich glaube, sie hätte sich verneigt, hätte die Fackel im Hudson gelöscht und extra für mich wieder entzündet. Ich wusste: Wenn ich nur will, wirklich und fest will, klappt alles. Es war einer der wenigen Augenblicke in meinem Leben, die mich sprachlos machten.

Rückflug zur Erde, harte Landung in der Realität: Madame Holland kam auf mich zu: »Gangway-Dienst, Heidi!« Meine Wolke, auf der ich schwebte, nahm eine zornesrote Farbe an, ich war stinkesauer.

Sei's drum! Mittags hatte ich frei, Markus und ich gingen shoppen. Wir liefen die 5th Avenue rauf und runter, ich gab natürlich viel zu viel Geld aus. Wir waren am Broadway. Mir taten die Füße weh, aber das war mir egal. Abends ging sie nochmal aus, unsere kleine Clique aus Markus, Steph, Tatjana und mir.

Die Versuchung war einfach zu groß, ich konnte es nicht lassen: Ich habe meine anderthalb Meter Gesamtgröße an den Straßenrand gestellt, zwei Finger in den Mund gesteckt, laut gepfiffen und mit dem Arm gewunken. Was soll ich sagen? Ein Taxi schoss aus der Kolonne an Autos heraus, hielt neben mir, und wir stiegen ein. Mit einem Wort: Das war, Entschuldigung, geil!

Wir vier fuhren auf die Spitze vom Empire State Building, wir aßen Burger bei McDonald's, wir tauchten in die Nacht – uns war ein besonderes Erleben geschenkt. Um ein Uhr in der Früh konnte ich nicht mehr, ich musste schleunigst ins Bett, die Stadtrundfahrt am Morgen erwartete mich.

EINE ECHTE SEEFAHRERBRAUT BRAUCHT EIN TATTOO

Zwei Tage New York hatten mich geschlaucht. Eine Überfülle an Eindrücken war auf mich eingestürmt, die Arbeit war gleichbleibend anstrengend gewesen, ich hatte die Nacht zum Tage gemacht … eigentlich wäre mal Pause angesagt. Doch wir befanden uns auf dem Weg in den Süden, und erneut erhielt mein Adrenalindepot eine Auffrischung: Vor uns lag New Orleans mit den Zwischenstationen Baltimore (Maryland), Charleston (South Carolina), Jacksonville und Port Canaveral mit seinem weltweit zweitgrößten Hafen für Kreuzfahrtschiffe (beide in Florida) und schließlich Nassau auf den Bahamas. Für die Fahrt von den Bahamas bis nach New Orleans waren zwei Seetage angesetzt, und da konnte ich ein Phänomen beobachten.

Jeden Morgen vor und nach meinem Frühsport machte ich ja ganz brav meine Socializing-Runde, um allen meinen lieben Gästen guten Morgen zu wünschen. Da sah ich doch immer, dass sämtliche Liegen belegt waren mit Handtüchern, mit Büchern, Zeitschriften, Sonnenbrillen usw.

War das schon ärgerlich genug, konnte ich mich über das Folgende noch mehr aufregen: Die Gäste belegten die Stühle für den ganzen Tag, frühmorgens den Sonnenplatz, den schattigen Platz für den Nachmittag und dann auch noch den Halbschatten für all die anderen Gelegenheiten.

Ihr dürft der weitgereisten Heidi glauben: Das gab es nur bei den Deutschen. Und natürlich entstanden Streitereien unter den Gästen, wir hatten ja nicht die dreifache Anzahl an Liegen an Bord, sondern »nur« so viele, wie wir Gäste durch die Welt transportierten. Hier musste Abhilfe her.

Sie kam in Gestalt von Decksteward Christian. Christian, mein kräftiger Bodybuilder (siehe Kapitel »Mann an Bord!«), konnte charmant zwischen den Streithähnen vermitteln. Anschließend ging er eine Runde, und wenn innerhalb einer halben Stunde noch niemand auf dem Liegestuhl war, räumte er alles ab. Was natürlich wieder zu Unmut bei den Passagieren führte ...

So peinlich und nervig diese Platz-Hamsterei war, mir war sie relativ egal. Ich fieberte auf New Orleans, und wieder einmal zwickte mich eine Idee. Erst mit einer Tätowierung, so sagte ich mir, würde ich eine richtige Seefrau abgeben! (Da kannst du mal sehen, mit welch vehementer Verzögerung bei mir die meisten Dinge einsetzten: Andere ließen sich mit 14 oder 15 ein Tattoo stechen, doch ich dachte erst mit über 30, das sei jetzt mal angebracht.) Und da ich ein riesiger Fan von Delfinen bin, musste es natürlich ein Delfin-Tattoo sein. New Orleans gilt als eine Art Mekka fürs Tattoostechen – ich befand mich auf dem besten Weg!

Nun glaube nicht, dass ich sofort von Bord konnte, nachdem wir am 1. Oktober, einem Donnerstag, in New Orleans angelegt hatten! Madame Holland teilte mich erst mal wieder zum Borddienst ein. Doch auch dieser Job ging vorüber, auch diese Zeit löste sich in der Ewigkeit auf, und schließlich, am Nachmittag, machte ich mich auf die Socken. Wurzelsepp begleitete mich.

Tattoostechen ist eine Sache des Vertrauens. Ein Tattookünstler kann noch so begnadet sein, wenn Sauberkeit und Hygiene nicht stimmen, bekommst du Ärger. Eine entzündete Wunde, und der Spaß endet. Immerhin ist so ein Tattoo im Normalfall eine Sache fürs Leben, man muss also sorgfältig sein bei der Wahl seines Studios.

Woher ich die Adresse hatte? Ganz einfach: Uns Weltenbummler verbindet ein enormes Wissen um die besten Restaurants, die heißesten Quellen, die schönsten Plätze, die kostbarsten Weine, die faszinierendsten ... Tattoo-Studios. Dieses Wissen teilen wir normalerweise nur zurückhaltend den Passagieren mit, aber untereinander sind wir freigiebig. Wir hatten uns also bei einer Kollegin eine Adresse besorgt, stiegen in ein Taxi, und ab ging's.

Whow, was für ein Gefühl! Im Laden angekommen, saß da der total hippe Typ: cool, lässig, braune Haut, kurzes, schwarzes lockiges Haar, ein riesiges Indianertattoo auf dem rechten Oberarm und ein Lachen, das dich umhaut. Wurzelsepp, mein männerliebender Schiffspapi, war genau so begeistert wie ich.

Es roch nach Farbe, Desinfektionsmittel, und in der Luft lag ein würziger Duft. Keine Ahnung, ob mein Künstler schon das eine oder andere Pfeifchen geraucht hatte, aber seine Arbeit verrichtete er hoch professionell. Vorlage aussuchen, und los ging's.

Ich wollte meinen Delfin oberhalb der linken Brust. Ui, das tat doch ordentlich weh, farbig sollte er ja auch noch werden. Ich kam ganz schön ins Schwitzen und hab Markus' Hand gedrückt, bis sie blau wurde. Nach knapp einer Stunde war es vollbracht. Ich war mega stolz auf mich, und noch immer läuft es mir den Rücken runter, wenn ich an diesen Typen und seine Lockerheit denke.

Solange du ihn nicht auf offene Wunden gießt, kann Alkohol jeglichen Schmerz lindern. Also steuerten Sepp und ich die nächst Bar an, bevor es aufs Schiff zurückging.

Natürlich gingen wir abends auf Tour. Überall in den Straßen war Musik, in jeder Bar gab es eine Margarita, ausgeschenkt im 0,5-l-Pappbecher, und aus meinem Dekolleté blitzte Flipper hervor, mein fröhlicher Delfin. Ich befand mich in einer ganz unvergleichlichen Stimmung.

DER ERSTE LANDURLAUB

Ich war also in Hochstimmung! Karibik, Traumjob und Tattoo! Doch inmitten des Glücksgefühls ereilte mich noch in New Orleans die Hiobsbotschaft: Ich sollte in den Urlaub gehen! In zwei Wochen! Das passte mir überhaupt nicht. Eine kurze Pause wäre ok, aber gleich ein ganzer Urlaub? Urlaub, das hieß doch Deutschland – Baden – Bahlingen. Mir graute davor, und ich überlegte Tag und Nacht, wie ich es anstellen konnte, dass ich nicht von Bord musste.

Wenn ich schreibe, ich »überlegte«, dann hieß das in Wahrheit: Ich machte wieder mal alle verrückt, den Hotelmanager, den Kapitän, die Leute im Mutterhaus der Reederei. Das beste Angebot war nur eine Andeutung. Eventuell und vielleicht und möglicherweise könnte ich in eine andere Abteilung gehen, ins Ausflugsbüro, aber wir wissen es noch nicht. Die Positionen als Reiseleiter jedenfalls waren alle vergeben, und nun stand die Weltreise an, an der ich unbedingt teilnehmen wollte, doch dafür brauchte es (Mann, wie ich das Wort hasste!): mehr Erfahrung. Mehr Erfahrung! Ich dachte, mir fliegt das Toupet vom Dach. Mit *mangelnder Erfahrung* kannte ich mich aus, die hatte mich damals doch an Bord gebracht, wenn ich mich recht erinnerte. Es gab also noch Hoffnung ...

Erst einmal aber war ich niedergeschmettert. Meine Freunde an Bord trösteten mich, reichten mir Taschentücher für die Tränen, Schokolade für die Seele und Wodka für den Humor.

»Nimm's nicht so schwer«, sagten sie, und schon war ich wieder untröstlich, denn ich konnte gar nicht anders, als es schwer zu nehmen. Wir schmiedeten Pläne, wo ich mich hätte verstecken können, Schiffspapi und Wurzelsepp würde ihre Kabine zur Verfügung stellen – in all dem Unglück waren sie die Inseln, auf die ich mich in meinem Kummer flüchten konnte. Aber erst einmal musste diese Reise mit Anstand über die Wellen gebracht werden. Es lagen noch die Bahamas und die Azoren vor uns, bevor ich dann in Nizza von Bord sollte.

Es wurden fade Tage, ich war nicht mehr so recht bei der Sache. Das Paradies schien schal, das Meer ödete mich an. Der Horizont war keine Verheißung mehr, sondern Limit, Grenze, Symbol eines Endes. Auf den Bahamas gingen wir abends essen und sahen zu, wie man die Haie fütterte. Ums Haar hätte ich mich ihnen als Futter angeboten.

Doch dann kamen die Azoren. Und als ob der liebe Gott verkündet hätte: »Ab sofort ist England nebelfrei«, wurde es licht um mich herum, war meine düstere Stimmung verflogen. Ich verliebte mich in die Inseln inmitten des Pazifiks. Besonders angetan hatte es mir Ponta Delgada, die Hauptstadt der Inselgruppe auf São Miguel. Die Legende um den blauen und den grünen See rührte mein Herz. Eine Prinzessin musste von ihrem Geliebten, einem einfachen Hirten, Abschied nehmen, da ihr Vater einen Mann aus einer reichen Familie für sie bestimmt hatte. Ein letztes Mal trafen sie sich an der Stelle, wo heute eine Brücke die Seen verbindet. Es flossen die Abschiedstränen, der blaue See entstand durch die Tränen der Prinzessin und der grüne See durch die des Hirten. Du kannst dir denken, dass auch mich das Wasser drückte, als ich die Sage hörte – beim Thema Abschied reagierte ich zur Zeit sehr emotional.

Der letzte Stopp dieser langen Reise hieß Cadiz in Spanien, dann hatten wir zwei Tage auf See vor uns, zwei sehr, sehr schaukelige Tage mit Seestärke 8. Trotzdem war die Abschiedsgala angesagt, und da standen sie wieder, meine Jungs, die Streifenhörnchen. Erneut wurde mir rührig ums Herz, weil ich morgen doch von Bord sollte. Was würde aus meinem heiligen Versprechen werden, erst wieder von Bord zu gehen, wenn ich meinem Kapitän begegnet war?

Mit hängendem Kopf trottete ich zu meiner Kabine und wollte meine Koffer packen – ich war mit einem gekommen und ging nun mit zwei; zu viel eingekauft –, da traf mich ein riesiger Freudenschreck: Alle meine Kollegen und Hotelmanager Big Daddy drängelten sich in meiner Kabine, sie hatten eine kleine Abschiedsparty für mich organisiert. Und wieder musste ich weinen und wollte nicht von Bord. Was sollte ich denn zu Hause? Hier war doch mein Zuhause, hier waren meine Freunde, hier befand ich mich in meiner wahren Familie.

Larry erzählte mir, dass er alles daransetzen würde, dass ich bald wieder zurückkommen kann. Und Igor (die erotische Stimme, siehe Kapitel »Turnschuhkauf in Reykjavík«) verkündete die Sensation: »Madame Holland muss von Bord!« Jubel! Man hatte ihr gekündigt, das war Balsam für meine Seele. Und sofort fiel mir mein Entschluss ein, den ich am letzten Käpt'ns Dinner gefasst hatte: Gangway-Dienst!

Das »Bordtelefon«, der Buschfunk, funktionierte hervorragend. Alle redeten davon, dass Madame Holland würde gehen müssen am Ende der Reise. Leider kam nie heraus, welche Worte der Kapitän und der Hotelmanager ihr mit auf den Weg gegeben hatten; das blieb ein Geheimnis.

Abgang Nizza

Nachdem wir in Nizza, der Endstation unserer Reise, alle Gäste von Bord begleitet hatten, ging die übliche Hektik los, wie immer an einem Ausschiffungs- und Einschiffungstag (siehe Kapitel »Die letzten Momente an Bord«). Am Fuß der Gangway standen noch der Sicherheitsoffizier, ein paar andere »Streifenhörnchen« beobachteten die Ausschiffung, ich war oben positioniert. Da! Endlich kam sie, Madame Holland. Aus den Tiefen der *MS Lady* schritt sie in meine Richtung. Was dann folgte, hätte mich ums Haar wieder aus der Bahn geworfen. Baut sich Madame Holland doch tatsächlich würdevoll vor mir auf und sagt allen Ernstes: »Das hat Spaß gemacht mit dir.« Dann wollte sie mir die Hand geben. Hatte sie das ironisch gemeint, das mit dem Spaß? Hatte es ihr Spaß gemacht, mich zu schikanieren, mich zu entwürdigen, mich zu verletzen? Ich würde es wohl niemals herausfinden, und so blieb mir eines: Größe zeigen. Ich behielt meine Hand bei mir, blieb ruhig und sagte nur: »Uns hat es keinen Spaß gemacht, mit dir zu arbeiten, und ich bin froh, dass du gehst. Lebe wohl!«

Ich fühlte mich groß wie Dirk Nowitzki. Und als sie unten und von Bord war und sich noch einmal umdrehte, hob ich meine rechte Hand zum Gruß. Doch wie von Geisterhand geführt und ohne, dass ich etwas dagegen hätte unternehmen können, zogen sich vier Finger in die Faust zurück, und sichtbar blieb nur noch ein Finger: der Mittelfinger. Mein erster Landurlaub begann besser, als ich befürchtet hatte.

ZWISCHENSTATION ZU HAUSE

Zurück in meiner 1-Zimmerwohnung in Denzlingen am Glottertal. Denzlingen, der idyllische Flecken, wo die Welt noch in Ordnung ist, solange man den Fernseher nicht einschaltet.

Ich stehe am Fenster und halte Ausschau nach der Zukunft, aber sie zeigt sich nicht. Nach Urlaub steht mir nicht der Sinn – was ich gut gebrauchen könnte, wäre Erholung, doch wie erholt man sich von vergangenen Strapazen, wenn das Zukünftige in Unruhe versetzt? Es gab keine Aussicht auf einen neuen Einsatz als Reiseleiterin. Mein mir selbst gegebenes Versprechen war zu einer Illusion zerstoben: Nach Denzlingen würde sich nie ein Kapitän verirren auf der Suche nach einer Braut. Wieder einmal wollte ich an der Welt und an mir selbst verzweifeln.

Die Begleitung meiner Gäste von Nizza nach Frankfurt hatte ich halb in Trance verbracht. Während des Charterflugs saß ich allein in einer Reihe, ganz ohne Nachbarn, selbst dieser Luxus konnte mich nicht aufmuntern. Ich war abgestumpft, nichts erreichte mich, nichts. Eine Depression war im Anflug, etwas, was mir bis dahin völlig fremd war.

Am Gepäckband in Frankfurt raffte ich mich ein letztes Mal auf und verabschiedete mich von meinen Gästen, so, wie sie es gewohnt waren: Ich strahlte.

»Es war soo schön, Heidi! Vielen, vielen Dank!« – »Wir freuen uns soo sehr auf die nächste Reise ... lassen Sie uns Adressen austauschen ... Sie müssen unbedingt unsere Fotos sehen ... und wenn Sie mal nach Bottrop kommen, dann ...« Und so weiter, und so fort. Keiner ahnte, wie es in mir aussah.

Die Tage verstrichen. Vergangenheit wandelte sich zu Erinnerungen. Gelebtes wanderte ins Archiv, lag herum in meinem Leben wie die verlassene Haut einer Schlange. Nutzlos, brüchig, kurz davor, verweht zu werden. Die Enge meiner Heimat schnürte mir die Luft ab, ich vermisste die Weite des Meeres, ich vermisste den endlosen Horizont. Ich brauchte keine Erinnerung, keine Souvenirs, keine Fotos; was ich brauchte, war eine Aussicht, eine Perspektive.

In meinem Lieblingsfilm von damals, »Die Dornenvögel«, sagt die Tochter von Maggie, als sie endlich am Theater angenommen wird: »Gott sorgt für uns alle!«

Religiös oder nicht, gläubig, agnostisch oder atheistisch: An dem Satz ist was dran. Das Schicksal, der Herrgott, Bärbel Mohrs Universum – was oder wer auch immer hatte ein Einsehen. Ein Anruf, ein Auftrag: Ich sollte mit dabei sein! Meine erste Weltreise! In 123 Tagen um die Welt! Und all das – wieder einmal – ohne die entsprechende Erfahrung. Ich war außer Rand und Band. Doch es kam noch viel, viel besser.

Ich sollte nicht als Reiseleiterin arbeiten, sondern als Ausflugsassistentin. Ein Job mit 1,5 Streifen auf der Uniform und somit näher an meiner Zielgruppe »Kapitän«! Weg vom Winter, ab in die Sonne. Ich kündigte meine Wohnung, mein Zuhause war auf dem Schiff. Ich meldete mich in der Gemeinde ab mit Ziel »Weltreise« ohne festen Wohnsitz.

Und so ging es kurz vor Weihnachten los. Mitten im Dezember reiste der kleine Rebell von Bahlingen mit einem Bus voller Gäste von Freiburg nach Nizza, wo die Weltreise am 18. Dezember starten würde.

Das Unternehmen »Wo, bitte, geht's zum Kapitän?« nahm wieder Fahrt auf.

DIE NÄCHSTEN VIER MONATE

Vier Monate Ausnahmezustand

18. 12. 00 bis 07. 01. 01:	Nizza – Karibik – Curaçao
07. 01. 01 bis 21. 01. 01:	Curaçao – Antillen – Mittelamerika – Acapulco
21. 01. 01 bis 16. 02. 01:	Acapulco – Südamerika – Südsee-Auckland
16. 02. 01 bis 01. 03. 01:	Auckland – Neuseeland – Tasmanien – Sydney
01. 03. 01 bis 26. 03. 01:	Sydney – Mauritius – Kapstadt (Südafrika)
26. 03. 01 bis 26. 04. 01:	Kapstadt – Kenia – Jemen – Ägypten – Venedig

GLOSSAR

Ein paar Erklärungen zu jenen Wörtern aus dem Buch, die vielleicht nicht jedem vertraut sind. Bei den Definitionen haben wir zum Teil auf die Erklärungen von Wikipedia zurückgegriffen.

A-Rohr Feuerwehren stehen Schläuche unterschiedlicher Größe zur Verfügung, sie werden landläufig auch Rohre genannt. Das sogenannte A-Rohr ist mit einem Durchmesser von 111 mm nach dem F-Rohr das zweitgrößte Rohr.

Achtern Das aus dem Niederdeutschen stammende Wort bedeutet *hinten*. Im norddeutschen Raum hat es sich in Bezeichnungen wie »Achtern Dierk« *(hinterm Deich)* gehalten.

All hands on deck! Englisch für: Alle Mann an Deck! *Hands* ist seit undenklichen Zeiten der Name für die Matrosen. Der Ruf *All hands on deck* erschallt immer bei Anlegemanövern oder wenn besondere Vorkommnisse den Einsatz der Matrosen erforderlich macht, beispielsweise bei stürmischer See.

Außendeck Sämtliche Decks an Bord, an denen man Frischluft schnuppern kann. Bekannt ist das meist höher gelegene Promenadendeck für den Spaziergang. Hier finden wesentliche Teile des *Socializings* statt.

Bug Der vordere Teil des Schiffes (siehe auch *Heck*). Damit das Schiff möglichst widerstandsfrei durchs Wasser schippern kann, ist der Bug meist besonders optimiert – hierin unterscheidet sich seine Konstruktion nicht von der eines Autos im Windkanal. Allerdings kann er sehr unterschiedlich gestaltet sein, abhängig vom Zweck des Schiffes. Ein Eisbrecher braucht eine andere Form als ein Segelboot.

Bullauge Das Bullauge ist das wasserdichte (Seiten-)Fenster eines Schiffes. Warum ist ein Bullauge rund? Weil es so wesentlich elastischer und vor Verwindungen geschützt ist. Der Aufbau ist denkbar einfach: Eine kreisförmige Scheibe wird von einem ebenfalls kreisförmigen Metallring umgeben und an einem Scharnier mit der Bordwand verbunden.

Bush, Kate Kate Bush ist ein Tausendsassa: Sie singt, tanzt, schreibt, stammt aus England und wurde mit einem Schlag weltberühmt, als sie 1978, im Alter von 20 Jahren, mit der Single »Wurthering Heights« debütierte.
Kate Bush gilt als diejenige Künstlerin, ohne die eine Madonna oder Lady Gaga undenkbar wären. Sie ging nur einmal auf Tournee.
Hier der Link zu einem Bericht des Konzerts: https://pagewizz.com/kate-bush-in-concert/

Chef-Purser Der Chef-Purser ist für die finanziellen und kaufmännischen Themen an Bord zuständig. außerdem kümmert er sich um die Zollabfertigung. Wegen der Internationalität der Seefahrt heißt er eigentlich *Chief Purser* – aber das macht keinen großen Unterschied. Ein Unterschied besteht allerdings zu dem Rest der Mannschaft: Der Chef-Purser ist meist im Range eines Offiziers unterwegs – er gehört zu den sogenannten »Streifenhörnchen«.

Crew Die Gesamtheit aller Seeleute auf einem Schiff: die Schiffsbesatzung.

Debütantinnenball Wenn eine junge Frau »in die Gesellschaft eingeführt wird« (sprich: wenn sie auf dem Heiratsmarkt präsentiert werden soll), spricht man von ihr als Debütantin. Dabei handelt es sich meist um einen festlichen Akt, der mit einem Ball gefeiert wird, dem Debütantinnenball.

Deck Unschwer zu erkennen, dass es sich hier um etwas handelt, was mit »Abdecken« oder »Bedecken« zu tun hat *(Decke)*. Mit Deck wird die horizontale »Abdeckung« eines Schiffsrumpfs bezeichnet. Es gibt verschiedene Decks – sie trennen die unterschiedlichen Funktionsbereiche eines Schiffs voneinander.

Documentation Purser Documentation Purser sind sowohl für den Empfangsbereich als auch für den Finanz- und Verwaltungsbereich eines Kreuzfahrtschiffs mitverantwortlich. Sie kümmern sich um das Wohlbefinden der Gäste und sorgen mit dem Chief Purser und dem Crew Purser für fachgerechte Arbeitsabläufe im Bereich Finanzen und Verwaltung. Sie sind die Schnittstelle zwischen Schiff und lokalen Behörden, sie erstellen Passagier- und Crewlisten, und sie sorgen für die Einhaltung von Qualitätsstandards.

Dresscode Englisches Wort für »Kleiderordnung«. Für die Mitarbeiter an Bord ist die Kleiderordnung verpflichtend; wer sie ignoriert, schafft sich Probleme am Arbeitsplatz.

Für Passagiere gelten Empfehlungen, wie sie sich zu welchen Ereignissen kleiden sollen. Der Dresscode ist heutzutage legerer, weniger förmlich und streng als in den vergangenen Zeiten, aber auch heute gilt: Feierliche Anlässe müssen durch die entsprechende Kleidung gewürdigt werden.

Welcher Dresscode zu welchem Anlass gilt, das erfahren die Gäste aus dem Tagesprogramm, das jeden Morgen auf ihren Frühstückstischen liegt.

Entern man erkennt es vielleicht nicht mehr so deutlich, aber in dem Wort steckt das spanische *entrar*, dt.: für eintreten, überfallen, erobern. Mit *entern* wird die Eroberung oder auch einfach nur das Betreten eines Schiffes bezeichnet.

Gangway Die Brücke oder Treppe, über die du das Schiff besteigst bzw. verlässt. Es gibt Gangways, die fest mit dem Schiff verbunden sind, und es gibt solche, die bei Bedarf ausgefahren werden.

Goldberg, Whoopi Die berühmtesten Rollen der 1955 geborenen schwarzen US-amerikanischen Schauspielerin sind die der *Oda Mae Brown* in »Ghost – Nachricht von Sam«, sie spielte die *Deloris van Cartier* in »Sister Act – eine himmlische Komödie«, in »Jumpin' Jack Flash« rettet sie als die Bankangestellte *Terry Dolittle* einem Agenten das Leben; und für die Rolle der *Celie* in Steven Spielbergs Film »Die Farbe Lila« erhielt Goldberg eine Oscar-Nominierung.

Heck Der hintere Teil des Schiffs.

Kabbelige See Wenn Wind, Seegang und Strömung aus verschiedenen Richtungen aufeinandertreffen, wird die Wasseroberfläche ungleichmäßig bewegt – die Wellen überlagern sich gegenseitig. Dann spricht man von einer kabbeligen See.

Kai Der Kai ist das meist durch eine Mauer befestigte Ufer. In den Häfen werden am Kai die Schiffsladungen gelöscht (entladen) oder aufs Schiff verladen bzw. steigen Passagier zu oder verlassen das Schiff.

Kapitän Der Kapitän ist der Führer eines zivilen Schiffes; auf Kriegsschiffen heißt er Kommandant. Es gibt auf einem Schiff nur einen Kapitän, und er allein trägt die Verantwortung für sämtliche Aufgaben.

Kielholen Kielholen war eine schwere Disziplinarstrafe in der Seefahrt. Bis ins 19. Jahrhundert wurde sie beispielsweise fürs Einschlafen während der Nachtwache verhängt. Der Delinquent wurde an einem Tau unter dem Rumpf des Schiffes durchgezogen.

Korben Dallas Die Hauptperson im Science-Fiction-Film »Das fünfte Element« aus dem Jahr 1997, gespielt von Bruce

Willis. Dem Taxifahrer Korben fällt eines Tages eine bildhübsche Frau ins Auto: Leeloo, das fünfte Element. Leeloo (gespielt von Milla Jovovich) stammt aus einem anderen Universum und wird für die Rettung der Welt benötigt.

Leinen los! Der Befehl zum Ablegen eines Schiffes von der Hafenmauer. Andere Befehle: Anker lichten! Segel hissen

Lidodeck An Bord eines Schiffes das Deck mit dem Swimming-Pool.

Logis Anderes Wort für »Unterkunft«. Noch erkennbar in dem Begriff »Kost und Logis«: Man arbeitet für Verpflegung und Unterkunft.

Marina Hafen für die Sportschifffahrt.

Meilenweit Die Meile ist ein Längenmaß. Die heute gebräuchlichste Einheit ist die Seemeile. Eine Seemeile ist 1.852 Meter lang.

Messe An Bord eine Mischung aus Esszimmer und Wohnzimmer.

Metabolisches Syndrom Sammelbezeichnung für Krankheiten und Risikofaktoren für Herz-/Kreislauferkrankungen. *Metabolisch* stammt aus dem Griechischen und bedeutet *stoffwechselbedingt*. Meist vier Faktoren sind am metabolischen Syndrom beteiligt. Wegen seiner Gefährlichkeit wird das Syndrom manchmal als »tödliches Quartett« bezeichnet. Die vier Faktoren sind starkes Körpergewicht, Bluthochdruck, erhöhter Zuckerspiegel, gestörter Fettstoffwechsel.

Mohr, Bärbel Deutsche Autorin aus dem esoterischen Bereich (1964 — 2010). Mohr wurde bekannt durch ihr Buch »Bestellungen beim Universum – Ein Handbuch zur Wunscherfüllung«.

Mooring-Deck Im Mooring-Deck werden sämtliche Taue und Anker aufbewahrt.

Nowitzki, Dirk Weltberühmter, aus Deutschland stammender Basketballspieler (Jahrgang 1978).

Nowitzki ist stattliche 213 cm groß, also ziemlich exakt eineinhalb mal so groß wie die Autorin des vorliegenden Buches.

Oskar Matzerath Ich-Erzähler des Romans »Die Blechtrommel« von Günter Grass. Oskar beschließt im Alter von drei Jahren, nicht mehr zu wachsen.

Paxe In der Flug- und Schiffahrt die codierte Bezeichnung für Passagiere.

Pier Bauwerk in einem Hafen, das als Anlegestelle im Hafen dient. Es wird meist rechtwinklig zum Kai ins Wasser hinein gebaut. Beides ist möglich: *ein* Pier oder *eine* Pier.

Poller Senkrecht im Boden steckende, unterschiedlich dicke Pfähle, an denen die Schiffstaue befestigt werden, die verhindern sollen, dass das Schiff abtreibt.

Pötte Kosename für große, dicke Schiffe.

Procol Harum Die britische Band hat der Welt einen Song geschenkt, der noch heute gerne gehört wird: »A whiter shade of pale« aus dem Jahr 1967 ähnelt dem *Air aus der Suite Nr. 3 D-Dur* von Johann Sebastian Bach.
So klar die Musik ist, so unklar scheint der Text. Bei den Aufnahmen wurden die zweite und vierte Strophe gestrichen, genau jene Zeilen, die klar machten, dass der Erzähler sich auf einem Schiff auf hoher See befindet.
Noch deutlicher wird das im Song »A Salty Dog« mit seiner Eingangszeile »All hands on deck«. Auf YouTube ist er zu finden unter: http://bit.ly/a_salty_dog

Rackete, Carola Rackete (geboren 1988) ist eine deutsche Kapitänin. Internationale Bekanntheit erlangte sie im Juni 2019 als Kapitänin der +Sea-Watch 3, als sie insgesamt 53 aus Libyen kommende Flüchtlinge bzw. Migranten im Mittelmeer aus Seenot rettete und nach wochenlangem Warten auf eine Genehmigung in der Nacht zum 29. Juni trotz eines Verbots durch italienische Behörden den Hafen der Insel Lampedusa anlief.

Rah (auch: Rahe; Mehrzahl Rahen) Rahen sind Rundstangen, die waagrecht am Mast eines Segelschiffes befestigt werden. An der Rah wird ein rechteckiges Segel befestigt.

Reede; auf R liegen. Wenn ein Schiff nicht am Pier im Hafen anlegen kann, weil die örtlichen Bedingungen dies nicht erlauben, sagt man: Das Schiff liegt auf Reede. Die Überfahrt zum Hafen erfolgt in sogenannten Tenderbooten. (siehe *tendern*.)

Reling Die Reling ist das Geländer, das um das Deck eines Schiffes läuft.

Schott In der Schifffahrt bezeichnet das Schott eine besonders feste Wand, die zwei Räume wasserdicht voneinander trennt. Das Schott hat zwei Funktionen: Selbst wenn ein Raum mit Wasser volllaufen sollte, sinkt das Schiff nicht. Darüber hinaus versteift ein Schott den Schiffskörper.

Seenotrettungsübung (auch Sicherheitsübung) International vorgeschriebene Übung. Vor dem Auslaufen des Schiffes wird eine Seenotrettungsübung durchgeführt; die Teilnahme ist für jeden Passagier Pflicht. Die Übung wurde nach dem Untergang der Titanic eingeführt und soll die Sicherheit von Passagieren und Besatzung garantieren.

Shuffleboard Shuffleboard ist ein Spiel, manche bezeichnen es auch als eine Sportart. Shuffleboard wird auf einer länglichen Bahn durchgeführt; mit Hilfe eines Cues, einer Art Schieber, werden runde Scheiben auf die gegenüberliegende Seite beschleunigt, wo sie in einem rechteckigen Spielfeld liegenbleiben. Die Zielfelder sind markiert und haben unterschiedlich hohe Punktefelder.

Socializing Eine Art Animationsprogramm für die Gäste an Bord, veranstaltet von den Reisebegleitern. Man smalltalkt, macht miteinander bekannt, bringt Menschen zusammen, plaudert übers Wetter, übers Essen, übers Meer – kurz: Man gibt den Gästen das Gefühl, willkommen zu sein.

Stapel (in: vom Stapel laufen; Stapellauf) Die erste Begegnung eines neuen Schiffes mit dem Wasser, das Zu-Wasser-Lassen eines Schiffes. Gebaut wird das Schiff in einem Dock, es wird dabei auf einem festen Sockel montiert, der früher ausschließlich aus Holzbohlen bestand, den Stapeln. Der Stapellauf ist ein sowohl denkwürdiger wie auch kritischer Moment. Es herrschen extreme Kräfte in jede Richtung, die das Schiff zum Kentern oder gar Zerreißen bringen können. Früher mussten die Stapel per Hand weggeschlagen werden, was für die Arbeiter lebensgefährlich war.

Streifenhörnchen Kosename der Besatzung für die Offiziere an Bord. »Streifenhörnchen« werden sie wegen der Streifen an ihrer Uniform genannt, die den Rang des Uniformträgers symbolisieren.

Tagesprogramm Sämtliche gesellschaftlichen, künstlerischen, sportlichen und unterhaltenden (Sonder-)Aktionen an Bord während eines Tages. Das Programm ist oft identisch (bspw. Theateraufführungen), kann aber auch Höhepunkte aufweisen, die nur einmal während einer Kreuzfahrt auftreten, etwa wenn ein Künstler nur für ein, zwei Tage mitfährt.

Tendern Das Übersetzen an Land mit einem (Tender-)Boot, wenn das Schiff auf Reede liegt, also nicht im Hafen festmachen kann.

Tenderluke Luke im Schiff, durch die die Passagiere aufs Tenderboot und wieder zurück steigen.

Traumschiff Fernsehreihe des ZDF (Zweites Deutsches Fernsehen), die seit 1981 produziert wird. Im Mittelpunkt der meist romantischen Episoden steht das Schiff *MS Deutschland*, das die »schönsten Orte der Welt« ansteuert, während sich an Bord alles um Liebe, Eifersucht, Freundschaft und Versöhnung dreht. Innerhalb jeder Episode werden drei Geschichten erzählt: eine lustige, eine spannende und eine Liebesgeschichte. Im Lauf der jeweiligen Episode spielen etwa 40 Prozent der Szenen an Land und 60 Prozent an Bord.

Triftbrücke (überm Gadmertal) Die Triftbrücke ist eine Fußgänger-Seilbrücke nach dem Vorbild der nepalesischen Dreiseilbrücken. Sie überquert die Triftschlucht und das Triftwasser im Süden des Gadmertals im Kanton Bern (Schweiz). Die Triftbrücke ist eine der längsten und höchsten Hängeseilbrücken für Fußgänger der Alpen.

Trossen Im Durchmesser große Taue zur Befestigung des Schiffes an den Pollern.

Tutu Das Tutu (sprich: *tütü,* mit der Betonung auf dem zweiten *tü*) ist ein Ballettkostüm, ein Rock aus mehreren Schichten Tüll.

Typhon Ein Signalhorn zur Erzeugung von Schallsignalen, auch Nebelhorn genannt. Wird in der Schifffahrt vorwiegend zur Warnung eingesetzt.

Verklappen Wenn Abfall im Meer versenkt, sprich: entsorgt wird, spricht man von »verklappen«.

Vordeck Auch *Vorderdeck.* Wie der Name schon sagt: Der in Richtung Bug liegende vordere Teil des Decks auf einem Schiff.

Wildecker Herzbuben Wolfgang Schwalm (*1954) und Wilfried Gliem (*1946) bilden das Gesangsduo »Wildecker Herzbuben«, das 1989 mit der Single »Herzilein« seinen ersten ganz großen Hit hatte. Die beiden sind von stattlicher Natur, weshalb der Komiker Oliver Kalkofe das Duo gerne als »Die Wildecker Herzverfettungen« oder »Die Wildecker Herzklappenfehler« verspottet. Wilfried Gliems Ehefrau Elke ist die Großcousine des Hollywoodschauspielers Bruce Willis. (siehe *Korben Dallas*)

LEBENSLÄUFE

Heidi Seiter, *Erzählerin*
Was es über Heidi Seiter, die quirlige Reiseleiterin, zu berichten gibt, hat sie im Buch geschildert. Apropos Buch: Dieses Werk schien ein ähnlich unerreichbares Ziel wie ihr Berufswunsch oder ihr Lebenswunsch. Aber das angeblich Unerreichbare war stets Ansporn für die Wahlpassauerin. »Ich wollte schon immer mal ...«, sagt sie – und setzt es um. Aus Plänen werden Taten. Auf diese Weise bewältigt sie die schwere Erkrankung, die ihre Erfolge umso bemerkenswerter erscheinen lassen. Heute lebt Heidi Seiter mit ihrem Hund Maja in Passau und freut sich, wenn ihr Mann wieder mal vorbeischaut: Als Kapitän auf einem Flusskreuzfahrtschiff ist er nur selten zu Hause ...

Johannes Flörsch, *Protokoll und Lektorat*
Beinahe wäre er auf Kreuzfahrt gegangen. Mitte der neunziger Jahre hatte Johannes Flörsch bei einer ZDF-Show eine Kreuzfahrt gewonnen, doch bevor die *MS Deutschland* ablegen konnte, kam seine Scheidung dazwischen – die Reise traten dann seine Schwiegereltern an. Heute bringt der Lektor Manuskripte auf Kurs. Von Passau aus, der weltberühmten Hafenstadt für Kreuzfahrten auf der Donau, betreut er Verlage, Self-Publisher, Agenturen und Unternehmen. Seinen Autoren ist Flörsch, wie er sagt, ein »unerbittlicher Freund«.
Kontakt: www.wortport.de

DIE SACHE MIT DEM HUBSCHRAUBER II

Erinnern Sie sich?

»Übernachten die Angestellten auch auf dem Schiff?«, hatte mich eine Dame gefragt, als sie mir zu Beginn der Reise eines Nachmittags auf dem Promenadendeck begegnete. Meine Antwort war, zugegeben, ein wenig frech:

»Nein, die werden nachts mit dem Hubschrauber an Land geflogen.«

Die Dame öffnete den Mund für ein erstauntes »Oh!« und setzte ihren Spaziergang fort.

Die Antwort kann ihr keine Ruhe gelassen haben, sie muss in ihr rumort haben, denn nach Abschluss der Reise fanden wir einen Eintrag in unserem Gästebuch:

»Es war eine wunderbare Kreuzschifffahrt! Das Essen hat prima geschmeckt, und die Besatzung war immer freundlich. Nur eines hat mich wirklich gestört: der Hubschrauberlärm, wenn die Besatzung abends nach Hause geflogen wurde.«

Und als ob das noch nicht komisch genug gewesen wäre, fügte sie noch an:

»Kann man das nicht ändern?«

Man kann, gnädige Frau! Seit dieser fürsorglichen Beschwerde übernachtet die Besatzung in eigens für sie geschaffenen Kabinen auf dem Schiff, der *MS Lady*!

Schiff ahoi!

Das also war der Erlebnisse erster Teil. Hat es dir bis hierhin gefallen? Dann würde ich mich sehr über eine ***Rezension auf Amazon*** *freuen. Aber auch deine kritischen Anmerkungen nehme ich dort gerne entgegen.*
Wie aber ist das nun: Wird Heidi ihrem Traummann begegnen? Darauf können wir nur antworten:
»Schalten Sie wieder ein, wenn es heißt: ›Wo, bitte, geht's zum Kapitän? – Eine Reiseleiterin auf ihrem Weg ins Glück. Der Erlebnisse zweiter Teil.‹
Geplanter Veröffentlichungstermin: Weihnachten 2020.

Printed in Poland
by Amazon Fulfillment
Poland Sp. z o.o., Wrocław

62086112R00085